Y.A

Kadokawa Fantastic Novels

彩頁、內文插圖／藤ちょこ

CONTENTS

八男？別鬧了！①

序　章　清醒之後　009
第一話　邊境最南端的貧窮貴族家　016
第二話　嘗試練習魔法　033
第三話　魔法的師傅　051
第四話　繼承人長男結婚，和英俊兄長的離別　077
第五話　獨自進行探索與修行　097
中場一　想要使魔　114
中場二　擁有魔法才能的么子　120
第六話　在布雷希柏格的日子與極小的繼承騷動　126
中場三　我明明就想離家　147
第七話　冒險者預備校　155
中場四　同年級的魔法師　186
中場五　某位少女的君主家與老家　199
第八話　現任布雷希洛德藩侯　204
中場六　蘿莉型女主角？　230
第九話　師傅是上流人士　240
第十話　在開往王都的魔導飛行船上　258
卷　末　身為前日本人，我覺得海洋充滿了夢想　285

布雷希洛德藩侯領地
商業都市布雷希柏格
利庫大山脈
鮑麥斯特家
鮑麥斯特騎士領地
未開發地

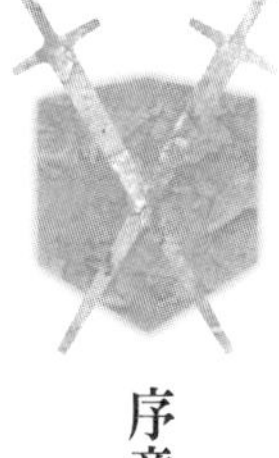

序章　清醒之後

「唉。假日就不能早點來臨嗎？」

早上六點，一如往常地被鬧鐘叫醒的我急忙準備上班，在路上的便利商店買飯糰等東西當早餐。配著一起買的烏龍茶把食物嚥下去，同時前往職場。

我是一宮信吾，今年二十五歲，從還算有點知名度的大學畢業後，便進入一間有相當規模的公司工作，到第三年的現在已經有比自己年輕的部下，過著夾在他們和上司之間，偶爾會感到壓力的日子。

然而，每個人多少都有類似的經歷，我也很少因此就想要辭職。

然而只要是一般的上班族，應該都曾有過辭職的念頭。

不過因為沒有真的辭職的膽量與財力，所以往往都只是想想而已。

我獨自住在距離公司走路約十分鐘的公寓，未婚又沒女朋友的我，三餐幾乎都靠外食解決。平日因為工作的疲勞，早上我都睡到最後一刻才起床，假日則通常花在處理洗衣服和打掃等家事上面，如果說連這部分都和常人一樣，那就沒什麼好講的了。

像我這樣的人，在日本應該多到能夠拿來燉菜了。

我對這點並沒有什麼不滿，未來應該也會繼續像這樣上班維持生活，或許還會交到女朋友並結婚生子也不一定。

所謂平凡的人生，一定就是像這樣吧。

我曾經這麼想過……

我像平常一樣，連夢的內容都不記得就醒了。

這麼說來，我好像沒聽見為了保險起見而設得非常大聲的鬧鐘鈴聲。

「咦？天還沒亮嗎？」

雖然不知道現在幾點，但外面天色陰暗，房間裡也一片漆黑。

等眼睛慢慢習慣黑暗後，我開始摸索周圍的狀況。

接著馬上就發現許多不自然的地方。

這裡明明應該是我住的公寓房間，但完全找不到熟悉的壁紙或家具。

取而代之的是，周圍擺了三張大小相同、類似床的物品。

如果我是睡在另一張床上，那合計就有四張床。

再仔細一看，每張床上都蓋著隆起的毯子。

換句話說，這是間四人房。

家裡什麼時候有人來借住了？

為了讓因為周圍突然產生變化而陷入混亂的腦袋清醒，我努力確認自己的狀態。

然後發現果然有許多地方和就寢前不同。

首先是我那張比宜○利賣的還要高級的床，被換成另一張老舊又不太舒服的床。

身上蓋的毯子，不意外地也既破舊又帶著些許臭味。

明明是一個星期前才剛買的新毛毯……雖然腦中浮現出這種小氣的想法，但我立刻重振精神檢查自己身體的狀態。

（咦？我的身體是不是變小了？）

我那雖然絕對稱不上高，但起碼也有到日本男性平均身高的身體，現在明顯縮水到和小孩子差不多。

（咦？這該不會是？）

最近經常看網路小說、腦中立刻浮現轉生到異世界這種想法的我，也真的是無藥可救了。既然並非從小嬰兒開始，該不會是我的意識轉移到異世界的其他人類身上了吧？

如果真的是這樣……

現在天還沒亮，而且還有人睡在旁邊，要是不小心吵醒他們，事情很可能會變麻煩。

在天亮之前，最好還是別輕舉妄動比較安全。

畢竟還不清楚這個嬌小身體的擁有者，和睡在周圍的這些人是什麼關係。

雖然很可能是家人，但我根本不曉得他們的身分。

總而言之，在能確認自己的狀態前，得先安分點才行。

那麼，再睡一下吧……

一想到這裡，便產生一股難以抗拒的睡意，我就這樣再度陷入沉眠。

＊　＊　＊

「又是男孩子啊……這已經是第八個了。」

「親愛的，這孩子這麼有活力。請替他取個相配的名字。」

「說得也是。就叫他威德林吧。雖然這孩子繼承鮑麥斯特家的可能性幾乎是零。」

突然產生睡意並再度墜入夢鄉的我，在夢裡目睹了不可思議的光景。

我就像在觀賞電影般，看見了似乎是意識被我占據的年幼少年嬰兒時期的影像。

那對夫婦看起來不怎麼年輕。

而且外表還是典型的歐美人。

然而不知為何，我確信那個小嬰兒就是自己。

就算問我理由，我也不曉得該如何回答，或許是基於本能理解的也不一定。

看來我似乎出生為鮑麥斯特家的第八個男孩子。

不對，真要說起來，應該是占據了那個存在比較正確？

而且隨著夢境發展，我也得知這個鮑麥斯特家是統治三個人口約二百至三百人的邊境村落的下級貴族。

再來就是無論這樣是好是壞，現任當家亞瑟·馮·班諾·鮑麥斯特都是個平凡的四十多歲男子，他擁有同樣是下級貴族出身的妻子，另外還娶了地方名主（註：一種在領主底下處理村務的行政人員）的女兒作妾。包含我——威德林在內，他和這兩位妻子一共生了八男二女，這些資訊慢慢和名字一起被釐清。

不過，統治區區八百人的下級貴族居然有十個孩子。

這讓人認真懷疑該不會這傢伙都老大不小了，還無法理解什麼叫家庭計畫。

從至今獲得的情報來看，我所在的這個世界是個非常類似中世紀歐洲的地方。

就算有小孩出生，也未必所有人都能平安成人。

既不能只生一個孩子，又不能保證正妻一定生得出孩子，所以能夠理解為何要納妾。

不過這人數也未免太多了。搞不好還會因此造成繼承糾紛。

雖然可憐，但妾的小孩們和這部分無緣。

實際上根據這個身體的記憶，那位未曾謀面的妾已經是兩個男孩和兩個女孩的母親，兩位男孩似乎預定要當名主的繼承者，或是入贅只有生女兒的富農家。

女孩們也都找好了人家。

他們的事情可以先不管。畢竟他們的將來已經確定。

關鍵的是剩下的六名兄弟，也就是正妻生的兒子們。

因為正妻是貴族之女，所以她的孩子不能入贅當地的平民家庭。

所謂的身分差距還真是可怕。

身為八男，我原本以為自己應該是妾的孩子，沒想到是正妻年近四十時生下的小孩。

不如說他們都這把年紀了，居然還這麼努力。

這塊領地怎麼看都很貧乏，大概是因為財政的問題，才沒辦法再納年輕的妾吧。

反過來說，夫妻的感情因此和睦也是件好事。

「親愛的，或許威德林有劍或魔法的才能也不一定。」

「若真是如此，那他應該也能獨立吧。」

或許是來自這個被我占據的小孩的記憶，我接連整理這些資訊，釐清自己目前置身的狀況。

首先與其說是轉生，不如說我的意識移轉到貧窮貴族晚年生下的第八子——今年五歲的威德林身上。

雖然出生在貴族家，但因為孩子實在太多，所以當然無法繼承領地，而且未來搞不好，應該說很可能會無法繼續以貴族的身分生活。正常來講將由長男繼承家門，次男作為預備人選，排行第三以下的孩子都必須自己摸索生存之道。

姑且不論擁有廣大領地的大貴族家，或雖然沒有領地但代代位居要職的名譽貴族家，像這種只有生孩子特別行的貧窮下級貴族，還是別期待他們會替排行第三以後的孩子規劃未來比較好。

如此一來——

我根本就沒有餘裕思考在平成日本的自家公寓睡覺的自己怎麼了，或是為剛才聽見的「魔法」這個關鍵詞感到興奮。

儘管不曉得這個世界幾歲算是成人，但我得設法在那之前培養出能夠自力更生的能力。

雖然太著急也不好，但如果因為現在是小孩就只顧著玩，將來的人生就完蛋了。

在那之後，我透過這種第三者的俯瞰視點，簡潔地確認了威德林至今的人生，為了避免醒來後被新家人懷疑而拚命收集情報。

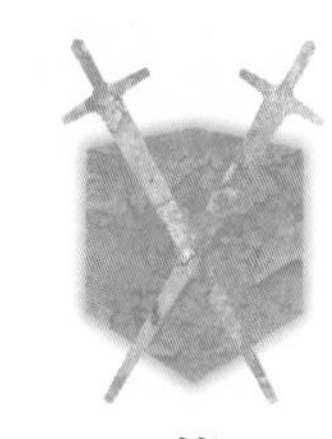

第一話　邊境最南端的貧窮貴族家

「……」

透過類似睡眠學習的方式在夢裡獲得威德林情報的我，在那之後馬上就醒來，和其他兄弟一起去大屋的餐廳吃早餐。

雖說是大屋，這家人畢竟是貧窮的下級貴族。

即使有很多房間，但那是包含書房和收藏食物、財物跟武器的倉庫在內的情況，就我的感覺來看，大概也只比富農的家好一點而已。

實際上這家人有自己房間的，就只有四十五歲的當家亞瑟、四十四歲的正妻喬安娜、二十五歲的長男科特，以及二十三歲的次男赫爾曼。

包含我在內的其餘四名兄弟，只能共用同一個房間。

十九歲的三男保羅、十七歲的四男赫爾穆特，以及十六歲的五男埃里希。

沒繼承權的孩子就是如此悲哀，這是以前的時代小說常有的設定。

另外，三十一歲的妾蕾拉平常是住在老家，她在某位名主家的別墅與十四歲的六男華特、十三歲的七男卡爾、十一歲的長女艾格妮絲，以及十歲的次女科蘿娜一起同住。

雖然感覺就只有名字像德國的貴族那樣威風，但實際上不管到哪裡，大概也都是這種程度。

根據從昨天的夢獲得的情報，妾的小孩們不需要像家裡的兒子們那樣接受貴族的教育，所以他們很少出入這個家，彼此之間也沒什麼交流。

再加上無論哪個時代，正妻和妾之間的關係似乎都不太好，這也使雙方變得更加疏遠。

記憶中的威德林，也只見過他們幾次面而已。

雖然明明自己的兒子是領地內有力名主的繼承人，卻還和他們不相往來的領主與其妻子也有問題，但反正我又不會繼承這個家，所以根本就無所謂。

再來就是管理這座宅第的僕人們，除了從上一代就開始伺候這家人、七十一歲的管家亞伯以外，還有四名女僕。由於要是僱用年輕女僕，那個毫無家庭計畫觀念的父親亞瑟有可能會搞大人家的肚子，因此所有女僕都是村裡的中年婦人。

此外還有幾位在戰時負責指揮軍隊的隨從，不過大家平常都在村裡以農夫、工匠、獵人或鐵匠的身分生活，並不住在這棟房子。

像這種邊境的貧窮村莊，兵農分離根本就只是夢想。

在發生緊急狀況時，還必須替自己宣誓效忠的主君出兵。

即使不大，貴族還是因此獲得了領地，然而這裡似乎已經有兩百年以上沒發生過戰爭了。

光是不必被迫上戰場，就已經算是幸運了。

黑麵包配上加了蔬菜和碎肉、只用少許鹽巴調味的湯。

儘管是寒酸的一餐，但一早便能吃到肉，似乎就是貴族的證明。

貴族一天三餐，農民一天兩餐。

不過從菜色都是麵包和湯來看，身分差距似乎並不大。

說到不同的地方，就只有從乾巴巴的黑麵包換成柔軟的白麵包，或是另外附上果醬、奶油、乳酪與紅茶，以及湯裡的料豪不豪華等差異。

雖然視農村和都市，以及地區而定有很大的差異，但就威德林所知，狀況大概就是如此。

實際上還是得去其他地區才能知道，因此事實仍然不明。

不過非常遺憾的是，我所在的鮑麥斯特騎士領地無疑是屬於最貧窮的那種。這項連確認都不需要的事實實在令人沮喪。

「親愛的，結果怎麼樣？」

「原本想請對方設立冒險者公會的分部，但被徹底拒絕了。」

「哎呀，明明我們這邊的工作要多少有多少。」

「似乎是因為其他還有很多更熱鬧、交通便利，又能賺到一樣多錢的地方。」

我的新父親亞瑟在還剩下半碗的湯面前露出非常不悅的表情。

在夢裡聽見雙親提起關於魔法的話題時，我就曾經想過這個可能，看來這世界似乎有冒險者公會存在。

既然有這兩樣東西，就表示魔物也很有可能存在，證明這裡不只偏向西洋風格，還是個西洋幻

想風格的世界。

「而且我們領地內的魔物又頑強……」

「父親，看來還是得召集一次軍隊，一口氣討伐到某種程度才行。」

「科特，這可不行。我才不想重蹈布雷希洛德藩侯的覆轍。」

身為長男兼繼承人的科特哥哥如此建議，但被父親亞瑟駁回。

「那個……父親？」

「什麼事？威德林。湯不能續碗喔。」

明明只是單純發問，卻被認為是只想續湯，這讓我重新體會到這個家有多貧窮。

「不，我不是想續湯。是想問關於布雷希洛德藩侯派軍隊討伐魔物的事情。」

「嗯，幾年前我們以一部分的特權為條件，委託藩侯討伐鮑麥斯特騎士領地內的魔物。」

雖然當時似乎無奈地以許多特權為條件委託外人幫忙，但輕率地派大軍攻進魔物的領域反而平白刺激到對方，布雷希洛德藩侯的兩千名大軍也因此遭到毀滅性的打擊。

在那之後布雷希洛德藩侯換人繼承，新的當家第一件工作就是重建潰敗的諸侯軍，受到相當大的損害。

「新的布雷希洛德藩侯大人曾這麼說過：『接受他人領地的特權，有失貴族的身分。』換句話說，就是不想再和我們鮑麥斯特騎士領地的魔物扯上關係。」

看來我似乎得在一個不得了的魔境度過成人前的日子。

一想到這裡，感覺嘴裡的湯就突然變得難喝起來了。

實際上，這湯也只經過少量的鹽調味，本來就不怎麼好喝。

＊　＊　＊

「其實我們鮑麥斯特騎士領地在面積方面，可是寬廣到足以和大公國匹敵呢。」

吃完早餐後，同母的上面一個哥哥埃里希，為我說明了自己的老家鮑麥斯特騎士領地內的實際情形。

由現任當家亞瑟·馮·班諾·鮑麥斯特治理的鮑麥斯特騎士領地，位於其效忠的赫爾穆特王國境內南端。

位於琳蓋亞大陸的赫爾穆特王國目前的假想敵國，是幾乎和王國共同瓜分大陸南北的阿卡特神聖帝國。

赫爾穆特王國專注在開拓南方的未開發領域，阿卡特神聖帝國則是專注於北方的未開發領域，兩國在這方面都花了不少資金與勞力。

戰爭沒有意義，將同樣的錢花在開拓上要聰明好幾倍。

自從兩百年前約定停戰後，兩國之間也開始貿易，現在除了一部分的強硬派，根本就沒人會提起戰爭。

我原本擔心五歲的小孩突然問這種困難的問題會惹人懷疑，但包含新的父母在內，其他兄弟或僕人們似乎都沒發現有異。

和眼前這位個性溫和、外表聰明，比我大十一歲的五男埃里希相比，平常應該沒什麼人會注意我這個沒用的八男。

被當成沒用的人，偶爾也是有幫助的。

「那麼只要全部開拓完，父親就……」

「前提是要能開拓……嗯……至少能當上藩侯吧。」

不過埃里希哥哥的語氣遲疑，看來還是要能開拓才行。

我的新故鄉鮑麥斯特騎士領地，東部和南部都面海。

然而，在我們辛苦開墾的土地和大海之間，有塊廣大的未開發地和森林。

這座被領地內外的人們稱作「魔之森」的森林，生長了各種自然食材與藥草，有些地方甚至還能開採到礦物和寶石，蘊含了莫大的財富。

可是，這座森林同時也是魔物的寶庫。

所謂的魔物，是指比普通的野生動物巨大、凶暴，明顯偏離自然生態系的生物。當然，其產生的機制至今仍然不明。

魔物的繁殖力很強，力量強到即使是最弱的個體也遠勝人類。

相對地，只要打倒牠們，就能獲得毛皮、牙、肉等高級的素材或食材。

正因為如此，才會有專門討伐魔物的冒險者，以及支援、管理他們的冒險者公會存在，但問題是連那個冒險者公會都拒絕來這裡設立分部，可見這個鮑麥斯特騎士領地有多偏僻。

「對實力堅強的冒險者而言，魔之森或許的確是個很好賺錢的地方。就算想要一代致富也不是夢想。不過像那種程度的魔物巢穴，在大陸上還有好幾千個……就連中央地區都還有未經開發的領域，所以要輪也不會輪到邊境地區。」

像這種有魔物居住的領域，在琳蓋亞大陸上大大小小似乎有好幾千個。

那些地方可能是荒野、平原、河川、湖泊，或是像我們這樣的森林，可以說各種環境都有。

總之魔物會占據一定的領域做為自己的地盤，只要在地盤內發現有人類或其他動物入侵，就會毫不留情地加以排除。相反地，不知為何，牠們似乎不會主動踏出自己的地盤。

父親亞瑟剛才說的關於布雷希洛德藩侯軍的悲慘結局，就是過度輕視魔物的地盤意識導致的結果。

「布雷希洛德藩侯軍之所以會有那種結局，主要是因為父親和上一代的布雷希洛德藩侯太過焦急……再來，就是因為中央王宮勢力的判斷吧？」

為了一夜致富而入侵魔物地盤的人類，和打算排除入侵者的魔物們不斷展開死鬥。

因此無論有多少人成為冒險者，人數都會持續減少，即使是中央地區，琳蓋亞大陸上仍存在許多有魔物居住但無人開發的領域。

當然因為這些領域不可能開拓，所以無論赫爾穆特王國或阿卡特神聖帝國都深感困擾，並將魔物居住的領域稱為「大陸之斑」。

「你想想看，就算是邊境，由只有區區騎士爵位的領主治理的鮑麥斯特騎士領地，為什麼會擁有這麼廣大的土地。」

鮑麥斯特騎士領地成立的契機，據說是從在王都不得志的貧窮騎士從貧民窟帶了幾十位平民，到這塊土地建立農村開始的。

「王宮似乎也沒料到居然有人能在這裡建立農村，所以在收到祖先大人成功建立村落的報告後，就立刻允許鮑麥斯特騎士領地成立。以北部和西部的山脈為領地邊界，在山麓建立的三個村子人口約八百人。主要產業就只有農業和少量的打獵與採集。再來的救贖就是雖然量不多，但這裡也能開採出鐵與銅。」

至於附近的鄰居，西部是曾因為和我們扯上關係而嘗過苦頭的布雷希洛德藩侯的領地，北部則是由和我們一樣弱小的領主聯合起來的領地。

只不過北部和西部的山脈有飛龍和許多魔物棲息，因此和他們之間的交流，就只有和每隔幾個月會造訪一次的商隊交易而已。

「似乎有條只要有護衛隨行，就能勉強通行的狹窄山道。不過也因為如此，從外地進口的東西都非常昂貴。」

再加上根本就沒有多少冒險者會喜歡這項可能被飛龍襲擊，又要護衛商隊到這種偏僻村莊的任務。

因此報酬當然必須提高，而這點也反映在商品價格上。除此之外，父親亞瑟似乎連可說是領主特權之一的關稅都沒徵收。

「畢竟要是課了關稅，就不會再有商隊來這裡了。」

埃里希苦笑地接著說明，但總之就是這裡四面八方都被魔物的地盤包圍，所以即使王國承認包括這塊土地在內的廣大未開發地為領地，這裡仍然是無法進行開拓的弱小鄉下領地。

這就是我的新家——鮑麥斯特騎士領地的現況。

「那麼，我接下來還有劍術訓練。」

「謝謝你。埃里希哥哥。」

「只要是為了可愛的弟弟，這不算什麼啦。」

埃里希大致跟我說明完鮑麥斯特家的狀況後，便為了劍術訓練走出家門。

雖然只是下級貴族，但作為貴族的修養之一，不擅長劍術的埃里希哥哥還是為了早點學會用劍而自主進行訓練。

話雖如此，在這個缺乏外敵的領地內，也沒有優秀的劍士或戰士。

由於這塊土地四面八方都被魔物包圍，因此我原本也以為居民會過著像現實的魔○獵人般的生活，但實際上並非如此。

那是因為魔物絕對不會離開自己的地盤。

儘管周圍是有魔物居住的領域，但只要不踏入那些領域內，就能避免魔物的威脅。

再加上雖然這樣講很難聽，不過這個鮑麥斯特騎士領地是個貧窮的農村，除了身為現任當家的父親亞瑟和身為繼承人的長男科特以外，所有人都被分派了一定的工作。

即使不必親自下田，還是必須開拓沒有魔物居住的未開發平原，為了取得肉類前往只有普通野生動物的森林打獵，或是去河邊抓魚，有空時也必須練習劍或弓箭等武藝，或甚至練習騎馬。

無論是哪裡的地方下級貴族家，實際狀況似乎都差不多。

「咦？難道不用學習貴族的禮儀，或是讀寫與算術嗎？」

「像我們這種邊境的下級貴族，就算學了禮儀又能怎樣？除了受封的時候以外，我們根本就不會去王都。」

因為訓練內容意外地少，所以在詢問明明是貴族夫人卻努力編繩子的母親後，她一臉驚訝地如此回答。

總而言之，在這個鮑麥斯特騎士領地，除了領主換人繼承去王都敘勳時以外，平常並不需要用到貴族的禮儀。

而且就連敘勳本身，都只要穿著鮑麥斯特家代代相傳的鎧甲去謁見廳——

『吾，赫爾穆特王國國王赫爾穆特〇〇世，授予汝，〇〇第七位騎士爵。』

『吾之劍，將為了陛下、王國，以及人民揮舞。』

進行完這段對話就結束了。

王國的騎士非常多，因此忙碌的國王沒辦法在他們身上花太多時間。

我的新母親靈巧地搓著繩子跟我說明。

姑且不論高級貴族或在中央任職的名譽貴族。

如果一輩子就只進行一次這樣的對話，那的確是不需要學習禮儀。

「然後，關於文字的讀寫和算術……」

這方面似乎也沒有必要。雖然我覺得貴族應該會這些，但仔細想想，就算是在中世紀歐洲，也一樣有許多不會寫字的貴族。

我記得曾經在書上看過，儘管起碼會簽自己的名字，但由於領地的稅務計算都是交給村長或名主處理，因此他們完全不覺得有學習讀寫的必要。雖然中央王宮的貴族沒辦法這樣，但如果是將重心放在維持治安或活躍於戰場的地方貴族，這部分似乎並不會構成問題。

畢竟平常都是窩在自己的領地，也沒什麼機會表現這項才能。

至於禮儀方面，即使是中世紀的貴族，還是有人直接用手抓肉來吃。

回到原本的話題，雖然這家人全都最少會寫自己的名字，但再來就每個人都不太一樣。

「話說回來，威德林會簡單的讀寫吧？」

或許是因為沒被當成勞力看待，在意識被換成我之前的威德林，似乎是個總是自己乖乖窩在書房裡看書的孩子。

沒用的八男最重要的工作，就是不妨礙家人們的工作。

「嗯，雖然會的不多。」

「你要再多努力一點喔。」

母親如此催促。考慮到將來的發展，這也是理所當然的。

「我去書房念書了。」

「這樣才對。」

結束與母親的對話後，我急忙前往書房。

大家都有各自的工作要忙，而我又是父母高齡產下的沒用兒子。

不僅年齡跟哥哥們差了一截，和長男與次男平常更是連話都不會說。

他們並不討厭我，實際上應該是年齡相差太多，導致彼此沒有接點吧。

即使在去書房的途中見到面，也不會特別開口說話。

「喔，這裡的藏書意外地多呢。」

就算是貧窮貴族的家，還是有相當的歷史，因此父親的書房藏書量非常豐富。

領域也橫跨歷史、地理、文學、數學、礦物、生物以及魔物學等，若是在平成日本，這些內容大概就相當於高中畢業的程度，此外甚至還有簡單的童話、繪本和食譜。即使有食譜，我們家的菜色依然非常貧乏，不過若無法確保料理所需的食材，那還是只能放棄。

「可以正常閱讀呢。話說回來，這根本就是日文吧。」

雖然在能用日語和家人對話時，我就已經有所預感，但這個世界的共通語言確實是日文。只不過有些許的差異。

首先，是平民或與中央王宮無緣的下級貴族稍微能夠讀寫的文章。這些文章全都沒使用漢字。漢字部分被換成平假名，平假名的部分則是被記載成片假名（註：日文是由漢字、平假名和片假名組成，字體結構愈後面愈簡單）。

在這個世界普及的文章大多都是這種形態，對我來說反而比較難讀。

再來就是王族、皇族、高級貴族和中央政府發行的公文書，教會與各種公會的高層，以及各領域的學者和學會——換句話說，就是大人物們使用的文章，形態就接近一般的日語文章。

這對我來說非常好讀。

即使是看習慣的東西，還是存在一些無法理解的部分。

不知為何，有些名詞會參雜英文單字，或是將日文字以羅馬拼音表示。

英文單字最難也只有高中程度，大部分的文章也都是日語，所以並不影響閱讀，視書的內容而定，有些用漢字寫的名詞，在注音部分還是會以羅馬拼音標記，這之中的法則至今仍然不明。

至於詞藻華美又注重禮節的公文書，則是七成以平假名和片假名構成，漢字占兩成，其他占一成的黃金比率。

坦白講我根本就不在乎這些，不管在哪個世界，都只有官僚或公務員會在意這方面的事情。

總之我現在還是個五歲兒童，還是盡可能培養體力和進行武藝訓練，之後再好好透過這個書房

累積關於這個世界的知識比較好。

我邊想著這些事邊看向書架，然後發現我目前最想找到的書籍類別。

「初學者的魔法、中級魔法、上級魔法、鍊金術的基礎、第一次製作魔法道具。喔喔！原來真的有魔法啊！」

一想到自己或許也能使用魔法，我便開心地拿起那些書。

＊　＊　＊

在我正準備要開始看書時，就到了午餐時間，於是我遺憾地前往餐廳。

午餐的菜色和早上一樣，是黑麵包配只以鹽調味、加了蔬菜和碎肉的湯，一想到這個世界光是有飯吃就很幸福，我逐一將食物送進嘴裡。

「你說魔法嗎？」

「嗯，就是魔法。」

吃完飯後，我向坐在隔壁的埃里希哥哥請教魔法的事情。

順帶一提，父母和最大的兩位哥哥似乎正忙著討論新開墾的土地，完全沒注意我。

「跟魔法有關的書，大部分都放在父親的書房裡。魔法修練用的水晶球也是在那裡。」

看來魔法技術在這個世界並沒有特別被隱匿起來。

「不只是水晶球，和魔法有關的書在價格方面也比其他領域的書便宜。」
理由很簡單，因為有魔法才能的人類非常稀少。
而且魔法的才能並不會遺傳。即使是農民，也很可能突然生出擁有天才般魔力的後代，換句話說，之所以建立起連平民都能輕易獲得魔法相關書籍的環境，就是為了避免有人在不曉得自己擁有魔法才能的情況下度過一生。
順帶一提，這方面的輔助是由王國在進行。
優秀的魔法師，對國家而言是非常有利的存在。
「無論是什麼樣的人都擁有微弱的魔力。不過光靠這點程度的魔力並不足以使用魔法。據說每一千人當中，就只有一人能使用魔法。」
而且其中還有一半的人，只能做到製造火種或是一天變出一杯水這點程度的事情。
「如果是能發出足以燒死魔物的火炎球的魔法師，不管哪個王公貴族都會以高薪僱用吧。不過這樣的人並不多。」
到了這種程度，就變成數千人只會有一人，因此非常少見。
根據從書本得來的知識，這個國家的人口約有五千萬人，稍微計算一下，就會發現有一定實力的魔法師，最多只有五萬人。
「再來……」
所謂的魔法師，似乎可以分成幾個傾向。

火球、冰箭、岩刺、風刃等攻擊魔法的使用者。

提升攻擊力、防禦力、敏捷性和魔法防禦力，以肉搏戰為主的人。

和遠方的人進行通信、會話或是以高速移動到目的地，在戰鬥以外的方面活躍的人。

最後，就是擅長從礦石精製出高純度的金屬，或是使用儲存魔力的魔晶石製作便利魔法道具的人。

愈後面的領域，人數愈少，講得極端一點，就是愈後面愈賺錢。

「魔法啊，真是充滿夢想。」

「嗯，就是啊……」

我的發言，讓埃里希哥哥露出微妙的笑容。

他大概以為我是個愛作夢的孩子吧，不過因為我的內在是二十五歲，所以其實沒那麼愛作夢。

但只要擺出這樣的態度，大人們就會以欣慰的眼光看著我罷了。

「我記得我還像威爾這麼小時，也曾經每天練習魔法呢。」

埃里希哥哥像是在回想過去般說道。

威爾似乎是我的暱稱，或應該說類似我的綽號。

雖然我也不曉得威德林這個名字，究竟是怎麼縮短成威爾的。

「我馬上就開始練習魔法。」

「加油喔。」

快速吃完飯的我急忙前往書房，而唯一對我說話的就只有埃里希哥哥而已。其他家人都忙著討論劍術訓練或新的開墾地，一點都不關心我。

既然有給派不上用場的孩子最低限度的食物，又沒要他進行嚴酷的勞動，可見這家人並不壞，但我現在只想早點獨立。

第二話　嘗試練習魔法

「好了，來開始練習魔法吧。」

再度回到書房的我，首先從書架上拿出一本叫初級魔法入門的書，將書和被隨便放置、布滿灰塵的水晶球一起擺在眼前。

從這顆水晶球的待遇來看，這家人應該沒有人會使用魔法。

而且這塊領地內一定也沒有那樣的人才。畢竟數千人當中只會有一個。

「呃……首先是像要蓋住水晶球般將手擺在上面。」

按照書上的指示做後，水晶球開始發出微弱的七彩光芒。

「雖然會出現七彩的光芒，但因為這是每個人都會有的現象，所以請別太驚訝。接下來，請在腦中想像那道七彩的光芒被手掌吸收，在體內循環的景象。」

水晶球的光芒消失後，我便感覺到身體逐漸變熱。

「水晶球的七彩光芒消失，身體感覺變熱的人，就能確定擁有魔法的才能。話雖如此，這項才能有很大的個人差異，因此請別過度期待。再來最好就是每天進行這項讓魔力在體內循環，然後慢慢數到一百的訓練。」

根據書中的記載，魔力會在人體內一種叫魔力迴路、類似血管的器官循環，並儲存在名叫魔力袋的臟器內。

不過當然就算解剖人類，應該也無法發現這兩種器官。

目前的假說是認為這兩個器官位於和血管與肝臟不同次元的相同位置，雖然還沒被證實，但根據書上的記載，這已經幾乎是事實。

「只要讓魔力循環，擴大魔力迴路使其活性化，就能提升魔法的威力，而同樣地，只要有意識地將大量魔力送進魔力袋，就能擴大魔力袋增加魔力量。」

魔力袋感覺就像小時候看的超人〇霸王裡的怪獸擁有的臟器，但即使透過魔法訓練變大，肚子也不會跟著膨脹起來。

然後，只要魔力量增加就能大量使用魔法，在這類型的故事中可說是常態。

此外魔法的精密度、威力，以及魔力的總量似乎也會上升。

「不過，無論是誰都有極限。當連續三天感覺不到魔力有增加，幾乎就能確定是魔力量到達成長極限。此時還是增加能使用的魔法種類，或是努力提升威力與精密度比較實際。」

原來如此，這領域已經研究到這種程度，並毫不保留地向大眾公開。

明明學習的方法已經徹底研究完畢，能使用的人卻極為稀少。

而且因為非常方便，所以需求更是有增無減。

「換句話說，只要能使用魔法，就能夠早日獨立。」

之後我決定從初級魔法開始學習。

話雖如此，由於是初級，因此我也只能進行讓指尖產生火柴或打火機程度的火焰，將一杯分的水注入事先準備的水桶，在手掌上製造小型龍捲風後消除，或是將從外面帶進來的土變成尖刺擊向木板等基礎的練習。

雖然系統不同，但做的事情其實都一樣。

另外，初級魔法只需要在腦中想像就能立刻實現。

按照書本的記載，並不需要詠唱麻煩的咒文或畫出魔法陣。

有些人會念自己想的口號或句子、大聲喊叫，或是加上包含揮動法杖在內的動作。只要能提升魔法的精密度和威力，那就可以說是適合那個人的發動方法，也有人是像我這樣不詠唱，只須在腦中想像魔法發動時的景象就能成功。

「簡單來講，有才能的人馬上就能成功，不行的人無論多努力都沒用」——書上記載了像這樣非常殘酷的說明文。

「如果持續一個星期都沒碰到困難，就能進入中級篇。」

因為書上這麼寫，所以我就翻閱了中級篇的書當作預習。

內容記載了火箭、冰箭、隔一段距離製造出岩刺貫穿遠距離的敵人、以小型風刃砍傷敵人的攻擊魔法，以及簡單的強化身體機能用的魔法。

「反正家裡也沒人理我。還是每天都來練習魔法好了。」

在那之後的一個星期，我按照書本的內容修練魔法，但不知為何都沒有家人問我是否學會了魔法。

大概是因為這種行為就像認真問別人有沒有中樂透一樣吧。

也或許因為我是沒用的八男，所以完全沒人對我有所期待。

早餐後，在不對五歲兒童的身體造成負擔的情況下，我完成揮動配合身材製作的木刀和長槍，以及對標靶射箭的訓練，接著便一個人默默地在書房看書。

午餐後進行魔法的訓練，晚餐後也一直讀書直到太暗看不清楚為止，或繼續進行魔法訓練。

幸好我馬上就學會了「照明」的魔法，讓練習時間能夠延長到深夜。不過由於身體還是小孩，因此也有著身體容易比以前想睡覺的缺點。

順帶一提，父親不太會進去那間書房。完全看不懂漢字的他，幾乎將所有領主的職務都丟給村長和名主處理，就連簽名也是懶惰地在餐廳隨便解決。

要是稅金被人中飽私囊怎麼辦？

因為跟我沒有關係，所以坦白講怎樣都無所謂。

「那麼，這次換中級魔法了。」

在轉生和開始練習魔法一個星期後，我為了進行中級魔法的訓練而來到無人的森林。畢竟總不能在室內發射火炎箭。

於是，我站在自家後面某座廣大森林的入口。

這座森林，是所謂普通的森林。沒有任何魔物居住，家人或村民們也會定期為了補充蛋白質來這裡狩獵兔子或豬等野生動物，或是採集一些柴火、山菜與乾果。

總而言之，就是由我家管理的重要生活資產。

光是待在入口處並不會有什麼危險，只要別讓火魔法燒到樹就不會挨罵。

即使如此，在我說要出去玩時，家人感覺還是漠不關心。

就算我有什麼萬一，這個家也不會因此垮掉，所以當然會放任我自由行動，從可以輕鬆練習魔法來看，其實這也能算是一種幸運。

「目標果然還是要學會上級。」

書裡面有提到中級魔法必須不厭其煩地練習一個月。由於附有詳細的說明，因此實際上我只要照做就行了。

我按照順序一一嘗試書上記載的中級魔法。

等這部分結束後，就換練習會用到這些基礎魔法的應用魔法、自己思考的原創魔法，以及所謂戰鬥系以外的魔法。

「在這裡果然還是無法學會上級魔法吧？」

這無關實力，再怎麼說，也不能在屋子後面的庭院連續發出巨大的龍捲風或火炎球。

這個身體還只有五歲，既然魔力量和魔法的精密度都能確實提升，現在應該先耐心地透過中級魔法來磨練魔法的技術。

等之後再設法找出不顯眼的上級魔法努力學習就行了。

這個魔法能用來掌握指定範圍內除了自己以外的所有存在，書上說很少有人會使用這種魔法，

就這樣，我利用能低調使用的上級風魔法來練習探測的魔法。

「範圍大概是一公里吧？」

每個使用者精密的程度也都不盡相同。

例如只能判別範圍內有無生物、有多少人，或是一定尺寸的動物或魔物有幾隻等等。

若是知名的探測魔法使用者，好像就能掌握數十公里範圍內所有生物的動靜。

更厲害的是，據說還有能記住曾經探測過的人類與生物，只要該個體一進入探測範圍就會立刻發現，宛如人體雷達般擁有恐怖的探測精密度的人。

至於我，到目前為止的訓練狀況是半徑一公里左右。精確度則是到探測對象的大小與數量。如果硬要形容，感覺就像是腦中浮現一個雷達顯示器。

透過光點的位置來掌握方位與距離，透過大小來掌握對象的尺寸。

唉，不過我能探測到的也只有人類、兔子、豬和熊等野生動物而已。

我轉生到這個世界已經一個多月，至今仍未曾看過魔物的身影，這部分就等我長大以後再說吧。

「再來，就是踏實地進行魔法訓練了。」

這個探測的魔法非常方便。然而即使能夠使用魔法，要應付豬和熊這類動物，對五歲兒童來說還是太勉強了。不過只要使用魔法，就能一面迴避這些危險，一面探索森林。

之前我都在書房和庭院練習，努力熟練包含「探測」在內的各種魔法，也差不多到該去森林裡實踐和探索的時候了。當然，因為必須取得父親的許可，所以我戰戰兢兢地向父親確認。還是小孩子的我，比較合理的理由就是去森林裡撿乾果。

「去森林裡撿乾果？好啊。不過森林裡危險的動物很多，你要小心點喔。」

我非常輕易就獲得了許可，這應該是放任主義的延續吧。

「機會難得，要是在森林裡發現其他能吃的東西就順便帶回來，並盡可能撿點柴火回來。」

雖然不至於被叫去幫忙開墾，但我還是被迫以五歲之齡協助家裡的財務。

因此今天第一次進入森林的我，將每天訓練時使用的木劍插在腰際。

不過這樣的裝備怎麼想都只是聊勝於無。

這塊領地的經濟還沒富裕到能讓孩子拿鐵或青銅製的劍，而且就算讓現在的我帶金屬製的劍也派不上用場。

再來就是裝柴火的背包、訓練用的小弓與十支箭。因為是訓練用的小型箭，所以箭頭也只是把木頭削尖而已。

如果運氣好，應該能射下小型的鳥類。

這兩樣武器都是聊勝於無，最好是在使用前就先逃跑。

「雖然我完全不期待這些武器。」

比起武器，還是自己想出來的魔法比較有威力。

利用石頭造出短箭，再用風力射出去。儘管只是用魔法達成十字弓的效果，但只要透過這世界的魔法，相對就比較容易做出這種改良。

由於這種方式實在太依靠才能，因此就算有這樣的想法，還是必須靠運氣。

幸好我成功施展出這個魔法。只要射對地方，威力甚至足以打倒熊，這魔法某種程度上能夠連射，我目前正在努力改良射速的部分。

至於控制方面，我參考了自己的弓箭訓練，所以這也並非白費。

「嗯……這個山菜能吃嗎？」

除此之外，我還參考在家裡讀過的圖鑑採了些蘑菇和野莓，把柴火撿到背包裡面。

儘管行李愈變愈重，我還是使用風的中級魔法「輕量化」，和水魔法「肌力強化」來提升自己的力量蒙混過去。

另外，我也對疲勞的肌肉施展水的回復魔法。消除肌肉中的乳酸後，便產生一股身體變輕的感覺。

「書上寫的魔法全都能使用呢。就以在宮廷找分穩定的工作，做為將來的目標好了。」

在進行魔法訓練的同時，我也收集了大量柴火、山菜和野莓，因此決定今天就先回家。拜魔法所賜，我輕快地走在回程的路上，就在快到出口時，突然有隻鳥經過我的眼前。

「是珠雞。」

珠雞是大量棲息在這塊大陸上，比鴨還要大上一圈的鳥類。牠的肉質鮮美，羽毛也是極受歡迎的裝飾品材料。

不過，這種鳥非常難抓。

雖然從外表看不出來，但這種鳥對人的氣息極度敏感，飛的速度也很快。

即使是領地內最厲害的獵人，也要在森林裡耗上一天，運氣好才能抓到一隻。

當然，牠也就很少出現在餐桌上。

在這一個月裡，我也只有機會吃到一小口肉片。

雖然總比吃不到好，但這也算是令人傷心的年幼八男的悲劇。

「即使只有一小塊，美味依然凝結在肉片中，吃起來十分可口。等等……」

要是我有辦法獵到這隻珠雞呢？

這樣原本每天只有黑麵包和蔬菜湯的餐點，不就會多一隻烤雞嗎？

我的家人雖然採取放任主義，但並不冷酷。應該不會抹滅我獵到這隻珠雞的功勞。

「決定了。等著我吧！肉！」

轉生以來的這一個月，我都熱衷於魔法的特訓，因此只將用餐視為獲取營養的途徑。

不過，我果然還是對吃有堅持的前日本人。儘管堅持的等級感覺有點低，但現在不是在意這種事情的時候。應該要專心狩獵這隻珠雞。

話雖如此，用這種軟弱的弓箭，在進入射程前就會讓珠雞逃跑。

「那麼，就用新開發的十字弓魔法吧！」

最初的五發都偏離目標非常多，一直讓珠雞逃掉，但我的瞄準愈來愈精準，最後終於成功獵到了兩隻珠雞。

「我回來了。」

「威爾啊。你有撿柴……你，獵到珠雞了嗎？」

兩隻珠雞順利擺上餐桌，身為最大功臣的我也久違地成功吃到了美味的烤雞。

這天是我第一次被所有家人稱讚。

＊　＊　＊

「我去森林了。」

「要小心熊和狼喔。」

在第一次獵到珠雞的一個星期後，看見我一如往常地前往森林，父親高興地說道。

這也是理所當然。畢竟原本被當成是無法幫忙開墾的沒用小鬼的我，現在居然每天帶連職業獵人都很難抓到的珠雞回來替家人的餐桌加菜。

除此之外，因為我還會採集野莓、山菜和山芋等食材回來，所以家人最近對我的印象也變好了。

果然大家都不喜歡三餐只吃黑麵包和鹹蔬菜湯。

這個村子的生活並不寬裕。受到絕大部分的人手都必須因應逐漸增加的人口被派去開墾新土地或務農的影響，有時間去打獵或採集的人也跟著變少。

能讓人食用的基本食材，就只有作為麵包材料的小麥。

父親是按照這個基本方針在調度人手。

雖然派小孩去狩獵或採集可能會有危險，但反正我只是八男，就算死了也不會有什麼太大的影響。

即使同樣是小孩，其他領民的孩子還是得忙著協助農事或養家。要是讓那些貴重的勞動力死掉可就麻煩了，因此現在會進森林的小孩就只有我一個人。

儘管沒想到居然會有貴族期待五歲的小孩幫忙貼補家用，但不只是貧窮的下級貴族，這世界大部分的居民都是過著這樣的生活。

我只能祈禱自己成人後預定前往的都市區，是個好很多的地方。

然後，我為了提升自己的飲食生活，繼續進行狩獵與採集的活動。

這樣三餐就能增加使用珠雞和山菜做成的餐點，也能隨心所欲地替沒味道的乾巴巴黑麵包塗上野莓做的果醬。

其他還有許多能入手的東西，最重要的是在森林裡就能自由地練習魔法。

「一般被稱作『報告』的魔法……」

由於不能練習太過顯眼的攻擊魔法，因此我主要都在練習能暫時強化身體機能的輔助魔法，或是其他生活魔法。

我一面用探測魔法確認沒有大型野生動物接近，一面往森林深處前進，這次我想在森林裡嘗試別的魔法。

這個新魔法「報告」如同名稱所示，是向使用者進行某種報告的魔法。

試著使用後，我發現視野內有幾個地方出現微弱的光芒。

這跟我在書房嘗試時完全一樣。我在發出微弱光芒的書架深處，找到了幾枚銀幣。因為父親平常不會進書房，所以那大概是母親的東西。我偷偷地將那些銀幣擺回原本的位置。

仔細觀察發光的地方後，我在樹根附近發現山芋的藤蔓，以及自然生長的烏頭草。

原來如此，看來這魔法會透過讓特定場所發出微弱光芒，來向使用者進行報告。

雖然山芋能當成食材，但烏頭草在這個世界就沒什麼用。畢竟是毒草，通常也只能用在暗殺上面。

印象中，我曾經在之前的世界聽過毒物視使用方式而定，也能當成藥來使用，不過既然不曉得用法，目前也只能先擱置。

總之我先用改良過的土系統魔法「挖掘」挖出山芋。

雖然之前的世界也是如此，但若要靠五歲小孩自己的力量來挖山芋，那恐怕得挖到太陽下山吧。過了一段時間後，全長約兩公尺的完美山芋就現身了。

不愧是平常沒什麼人出入的森林。

儘管這是條完美的山芋，但仔細想想太長帶起來反而不方便。

反正也不是要拿來賣，我將山芋折成兩半綁在背包旁邊。

再來就是跟平常一樣獵兩隻珠雞，採集山菜與木通放進背包裡。

「不過這座森林的生態系和植被真是難以理解……」

畢竟這裡不是我前世居住的日本森林，所以這也是理所當然，總之這裡雖然有許多我沒見過的動植物，但也參雜了許多像松樹、杉樹、兔子、豬、熊、狼、山芋、山菜和木通等日本常見的動植物。

這裡的自然資產其實可以說是非常多。

只不過平常大部分的人力都投注在農業上，除了職業獵人以外，很少有人能頻繁地去狩獵或採集。

此外為了應付熊或狼，通常都是由複數的成年男性集體進入森林，但在這樣的勞動環境下，根本就不可能輕易聚集這麼多成年男性。

「而且就連那些職業獵人，也都只在自家附近的其他森林狩獵。」

雖然聽起來很浪費，但站在領主的角度，比起收穫不穩定的自然資產，還是能充當稅收又能保證有一定產量的農作物較為優先。

畢竟這裡是和其他領地甚少交流的偏遠地區，要是無法自給自足，很可能會就這樣餓死。

「再來是……」

探索新的發光地點後，我在一棵樹上發現類似枇杷的果實。枇杷在這個世界應該也是叫枇杷吧。

我姑且先施了探測毒性的魔法後，才剝皮咬了一口果實。

接著比枇杷還要甘甜的果汁就在口中擴散。

除此之外，我還摘了跟木通和柿子很像的水果與果實。

因為能採到這些水果，所以我本來以為現在應該是秋季，但實際上似乎並非如此。

現在大概是在春夏之間，納悶為何能在這段期間採到這些水果的我，在查過書後發現「長出果實的時期，每棵樹都不盡相同」的記載。

換句話說，有些樹木的果實是不受季節影響的。

再加上這裡是冬天不會下雪、只有部分樹木會枯萎的溫暖土地，因此會在冬天結果的樹木似乎也比其他地方多。不愧是大陸南部才有的氣候。

話雖如此，感覺這裡飲食生活仍是非常貧乏。

在使用多種魔法確保規定的收穫量後，我快速趕回家。

「辛苦了。」

就在我將收穫的成果交給母親，享受多了兩道菜的晚餐時，父親突然開口說道：

「獵人艾賓斯，似乎目擊了『死語者』。」

「父親！您說的是真的嗎？」

長男科特驚訝地問道。

「嗯，大概是五年前的犧牲者吧。」

沒錯，五年前希望至少開墾一部分有魔物棲息的森林的父親，和被特權引誘出兵的布雷希洛德藩侯曾付出龐大的犧牲。

或許可以說是幸運，因為多達兩千名的外地軍隊進入領地內而忙著維持治安的父親，並沒有跟著去魔物的森林。

不過由父親的叔父以家臣身分率領的百名軍隊，最後似乎只有僅僅二十三人回來。

當然，那位叔父本人也沒有回來。

不難想像損失多達七十七名的成年男性，對人口好不容易逐漸增加的鮑麥斯特騎士領地來說是多大的損失。

現在之所以會極端地將人員分配到農業上，或是放任我去充滿危險的森林進行狩獵與採集，主要應該也是因為受到這些事情的影響。

此外，包含前任當家在內，關鍵的布雷希洛德藩侯軍也有一千九百二十五人未能回來。

按照一般的定義，這是接近全滅的犧牲。

「看來接下來有段時間得煩惱死靈系的魔物了……」

「死語者還算好的了，如果是殭屍，討伐起來會很麻煩。」

雖然一般魔物完全不會離開自己的地盤，但死靈系的魔物似乎是少數的例外之一。

由於原本是人類，因此即使成了魔物，還是有一定數量的個體會本能地想返回故鄉。

「為什麼說死語者還算好，殭屍會比較麻煩呢？」

「因為殭屍沒有理性。」

殭屍幾乎只按照本能行動，一發現活人就會想吃他們的肉。

「所以如果是殭屍，就必須召集人手加以驅逐。」

這的確是有必要早點討伐。

不過據說殭屍行動緩慢又非常怕火，所以只要潑油再燒掉就行了。

至於關鍵的死語者，則是必須視個別狀況處理。

有因為死亡的恐懼而凶暴化，只能比照殭屍處理燒掉的案例，也有會像普通人那樣搭話，只要被搭話者幫忙實現願望就能成佛的案例。

雖然被搭話的通常是神父之類的聖職者，但只要波長相符，就算普通人也有可能使其成佛。

「要請神父來幫忙嗎？」

「麥斯特大人因為年紀大的關係，腰變得不太好。而且根本就沒辦法找到行蹤不明的死語者。」

即使是這種偏僻的土地，王都的教會總部姑且還是有派神父過來。

不過所謂的神父，其實就只是一個年過八十的老人。

因為沒有修女，所以教會的雜務也是靠幾名領地內的婦人在幫忙。

而且在這個鮑麥斯特騎士領地內，幾乎沒有信仰虔誠的人，就連我也只有不情願地參加了幾次彌撒。

除非這位老神父蒙主寵召，否則王都應該也不會派新神父過來吧。

「事情就是這樣，威爾去森林時也要小心點喔。再過不久，或許也會到我們領地內來也不一定。」

聽著父親不負責任的言論，儘管覺得不妥，我還是對死語者產生了興趣。

第三話　魔法的師傅

「總算遇見波長相符的人了，你叫什麼名字？」

從父親那兒聽說死語者的事情後，隔天一如往常進入森林的我，在那裡被一名肌膚蒼白、年紀約三十歲前後的人物搭話。

「我叫艾弗烈．雷福德。生前是人類，同時也是布雷希洛德藩侯家的專屬魔法師。」

這位突然向我搭話的人，似乎就是最近掀起話題的死語者。

而且他完全避開了我的探測魔法，在我為了採集而低下頭時突然向我搭話，害我的心臟到現在還悸動不已。

「好像嚇到你了。因為總算遇見波長相符的人，我才會一時焦急。對不起。」

令人驚訝的是，這位無論外表、舉止或姓名都像個英俊紳士的大哥哥，居然愧疚地向我低頭道歉。

來人是位長得帥個性又好，如果我是女的一定會喜歡上他的好青年。雖然肌膚蒼白是唯一的缺點，但這膚色正是死語者的特徵，因此也無可奈何。

「小小年紀，就這麼會使用『探測』魔法啊。能將『探測』魔法運用到這種程度的魔法師，可說是非常難得呢。對了，我之所以沒被你『探測』到，並不是因為這個魔法對死靈系的魔物沒用。只不過是因為我擅長使用擾亂『探測』的魔法而已。」

「好厲害的魔法。」

「對啊。這是種整個大陸頂多只有十人會使用的魔法。當然，我打算也要讓你學會這招。」

「啊？」

死語者突如其來的提議，讓我忍不住發出奇怪的聲音。

「你有聽說過讓死語者成佛的方法吧？」

「嗯，好像是傾聽並幫忙實現他們的願望。」

「我的願望，就是遇見一個弟子，將我在這三十年的人生裡學會的魔法傳授給他。你很會使用魔力，並成功靠自學獲得了一流的技術。雖然大部分的魔法都能靠自己學會，不過只要讓我花一個星期告訴你訣竅，應該就能提早上手。」

在這段對話後，我成了曾是布雷希洛德藩侯麾下的魔法師，艾弗烈．雷福德的弟子。

早上結束簡單的武藝訓練前往森林深處後，我發現師傅已經準備好讓我應付家人的獵物和採集物，笑著在那裡等我。

這是為了讓狩獵和採集的時間，能盡量用在魔法訓練上。

「不過師傅還真是厲害。」

「只要會使用魔法，就不必擔心會餓肚子。」

果然師傅也是利用魔法巧妙地狩獵動作迅速的珠雞。

而且他一下子就有樣學樣地學會了我的「弓槍」魔法。

「那麼，我們開始吧。」

「首先要做什麼呢？」

「嗯，要進行一種叫『容量配合』的修練方法。」

雖然完全自學的我之前不知道，但似乎有一種能在短期間內一口氣提升魔力量的修練方法。

作法是彼此雙手交握形成一個圓圈，再慢慢讓大量魔力於雙方身體循環。

這麼一來，魔力較少方的魔力量，似乎就會變得和魔力較多那方一樣。

「不過，這是可能性的問題。因為每個人的最大魔力量一開始就確定，所以只要超過極限就不會再增加。」

簡單來講，在魔力量是十的人和一百的人進行「容量配合」的場合，理論上魔力量是十的人會變成一百。不過如果那個人的魔力極限是十，就不會成長，如果是三十，就只會提升到三十。即使極限是兩百，也只會提升到一百，因此就算進行「容量配合」，也不代表之後修練就能偷懶。

「別看我這樣，我的魔力是你的十倍以上。這對魔力還在成長的你而言，應該非常有幫助才對。」

「請問，讓魔力量急速成長不會產生什麼問題嗎？」

「哈哈哈，不會因此破裂或怎麼樣啦。只是如果對魔力最大量低的人一口氣注入大量的魔力，可能會因為魔力造成神經失調而不舒服個兩三天，但不會有生命危險。」

我邊聽說明，邊和師傅牽起手。

師傅果然已經死了，他的雙手有些冰冷。

之後我們閉上眼睛，兩人一起產生魔力，同時在腦中想像透過彼此交握的手，將魔力袋的魔力注入對方的魔力迴路流動的景象。

接著，我腦中立刻浮現出師傅龐大的魔力透過他的手流進體內的景象。

「喔，真是出乎我的預料。」

維持這樣的狀態約十分鐘後，魔力突然停止流動。

「好了，這樣『容量配合』就結束了。」

等「容量配合」的儀式結束後，我們鬆開彼此的手，師傅眼神燦爛地對我說道：

「我果然沒看錯人。你的魔力量現在已經到足以和我匹敵的程度。而且那還不是你的極限。你有能力成為名留青史的魔法師喔。」

「是這樣嗎？」

「我向你保證。你能成為超越我的魔法師。前提是不能自大，要持續踏實地鍛鍊。」

在那之後的一個星期，我持續接受師傅詳細的魔法訓練。

儘管果然還是無法練習大範圍的上級戰鬥魔法，但由於師傅說那些魔法可以透過自學，因此我持續以其他困難的特殊魔法為中心進行鍛鍊。

「師傅，這個棒子是什麼？」

「這是我做的『魔力劍』的劍柄部分。」

「師傅也會製作魔法道具啊。」

「我只會製作一些簡單的。」

根據書上的記載，即使是在魔法師中，也只有具備特殊才能的人才有辦法製作魔法道具。

不過按照師傅的說法，這本書的記載似乎並不正確。

「魔法道具可以分成兩種。」

說著說著，師傅將自己持有的書攤給我看。

書名直截了當地寫著《魔法道具的作法與設計圖》。

「作法就像這本書記載的一樣。只要掌握基本，即使做得有點粗糙還是能正常使用。」

的確，書上記載的魔法道具，很多都像是普通的日常用品。

唯一不同的地方，大概就只有裝了米粒大小的魔晶石吧？

「這魔晶石還真小。」

「對啊。因為那是發動用的魔晶石。」

總而言之，這裡面似乎沒有蘊藏魔力。真要說起來，應該說是充當連結在魔法師體內流動的魔力和魔法道具本身的裝置。

「咦？那是什麼意思？」

「就是只有魔法師能使用的魔法道具。因為只要有魔力，就能發動自己無法使用的魔法，所以大部分的魔法師身上都會帶幾個，有辦法製作這個的魔法師也很多。」

反過來說，很少有魔法師會製作的，其實是將儲存大量魔力的魔晶石充當電池利用的魔法道具。由於不會施展魔法的人也能使用，因此泛用性非常高。

「畢竟這不是只要裝上大容量的魔晶石就好。要是一個不小心，道具可是會在使用時爆炸呢。所以具備泛用性的魔法道具價格都很昂貴。」

此外，一旦魔晶石的魔力耗盡，就必須補充魔力。

當然，能夠補充魔力的就只有魔法師。算是不容易普及的道具。

「如果是給魔法師用的道具，那你也能輕易做出來。」

「原來是這樣啊。話說回來，關於這把劍……」

「應該可以說是用來對付魔物的吧？這是用來將屬性魔力化為劍身的魔法道具。」

說完後，師傅讓只有劍柄的劍發出長約一公尺半的細長藍白色火焰。

「藍色的火炎溫度很高。若正面擋下這種攻擊，即使是鋼製的劍也會熔化斷裂。」

接著，師傅接連從劍柄造出以冰、風或岩石形成的劍身。

「魔物大多擁有弱點屬性。對付怕火的魔物就用火的劍身，怕水就用水，至於岩製的劍身雖然外表看起來不怎樣，但對不擅長土屬性的魔物能發揮極大的效果。」

師傅說明完後，便指導我如何使用這些魔法，以及如何製作裝在魔法師專用的魔法道具上的魔晶石，我也順利學會了這些知識。

魔晶石是以從魔物體內取出的魔石為原料。

由於這座森林沒有魔物，因此材料是由師傅提供。

「意外地不怎麼費時呢。」

「只限於基本的鍛鍊。即使是我，實戰只要一大意就會變成這樣。」

在這一個星期，我確信師傅是個優秀的魔法師。

不過在這個世界，就算是師傅這種高手，也只要一個不小心就會輕易丟掉性命。

「實際上在數量的暴力面前，個人的強悍仍顯得無力。」

在鍛鍊魔法的過程中，我從師傅那裡聽到了很多事情。

例如他以前是孤兒，因為具備魔法的才能而得以當冒險者賺錢，儘管因為實力被看上而成為布雷希洛德藩侯專聘的魔法師，但第一件大工作就是進軍那座魔之森。

「真沒有上司運呢。」

「你明明年紀還小，卻知道很難的詞呢。簡單來講，就是這樣沒錯。」

好不容易飛黃騰達卻馬上就殉職，難道師傅都不覺得悔恨嗎？

我一產生這樣的想法，師傅就像是看穿我的內心般說道：

「說不悔恨是騙人的。不過即使成了死語者，我還是找到了能傳授自己魔法的弟子。」

「是指我嗎？」

據說愈是優秀的魔法師，對其他優秀魔法師的氣息愈是敏感。

雖然除了使用魔法時以外，魔力都是封閉在魔法師體內不容易被探測到，但或許是基於第六感，似乎還是能夠被隱約察覺。

「不過，我……」

「你的狀況，是因為這一帶沒有其他魔法師。不過以後就沒問題了。因為你已經知道我這個存在。以後對其他魔法師的氣息，應該會慢慢變得愈來愈敏感。」

師傅曾在魔之森從大批魔物手中守護自己的主人布雷希洛德藩侯，用魔法殺死數千隻魔物。不過他似乎也在那時候耗盡魔力，就這樣短促地結束了一生。

死後仍留有遺憾的師傅變成了死語者，在有能繼承自己魔法技術的魔法師出現在步行範圍內前，持續流浪。

「感應到你的氣息時，我真的是高興得不得了。不過，這段快樂的時間也即將結束。」

與師傅的祕密鍛鍊超過預定的一個星期，累積到兩個星期。

這段期間，為了盡可能和師傅在一起久一點，我甚至請家人幫忙準備午餐的便當。家人們大概以為我是在享受狩獵和採集吧。

「最後，我打算教你特殊的『聖』系統魔法。」

根據書上的記載，聖魔法在性質上接近水魔法。

雖然聖職者在驅除不死系的魔物時一定會用到，但經過嚴格修行的聖職者即使沒有魔法師的才能，還是能發動這個魔法。

例如製作能對不死系的魔物產生硫酸般效果的聖水，或是對胸前的十字架進行祈禱封住魔物的行動，「聖」魔法在這方面非常有效。

不過如果沒有真的經過認真修行，就無法產生效果，因此能夠承受嚴厲修行的聖職者本身就是貴重的人才。只顧著在教會爭權奪利的偉大樞機主教們也大多都沒能力製作聖水，這對大眾而言已經是公開的祕密。

另外，雖然數量不多，但也有會使用魔法的聖職者。

放出帶有聖屬性的魔法光線治療被詛咒的人，利用單純的回復魔法治療傷患，替隸屬教會的戰士在武器上暫時附加聖屬性以打倒不死系的魔物，或是施展能一口氣消滅大量殭屍、被稱為聖光的大範圍魔法，總之這個世界，似乎存在著類似我前世某款角色扮演遊戲內的聖魔法。

「你一定有辦法學會。作為修行的畢業考，我希望你能讓我成佛。」

師傅難得以認真的表情拜託我。

「呃，可是……」

「我也差不多快到極限了。我不想成為失去意識和理性，只靠本能襲擊人類的殭屍。」

雖然師傅拜託我以聖魔法讓他成佛，作為最後的畢業考，但我終究還是猶豫了一下。

然而，師傅懇切地拜託我讓他早點成佛。

「我是個非常優秀的魔法師。所以才能連同肉體，維持意識和理性這麼長的時間。」

普通的死語者，似乎頂多只能維持這種狀態一年的時間。

一旦超過這段時間，意識和理性就會逐漸消失，肉體也會逐漸腐爛，變得和殭屍差不多。

「我已經沒有時間了。我的弟子，威德林．馮．班諾．鮑麥斯特啊。你願意在最後讓我安心嗎？」

「師傅……我知道了……」

我翻著師傅給我的入門書中最後的項目——聖魔法的頁面，快速將上面的內容掃過一遍。書上只寫了基本的概念。

能否使用這個魔法，真的完全要視我的資質而定。

不愧是特殊魔法，我一開始甚至連發動都有困難。

「雖然不曉得算不算訣竅，但治癒魔法之所以屬於水系統，是因為人體內含有大量水分。」

只要想像是在操作體內的水分，就能更有效率地使用水系統的治癒魔法。

「攻擊魔法也一樣，只要想像是在操作空氣中的水分，威力就會增加。」

這個世界的學者，也證明了體內和大氣中含有水分。

雖然一般只有學者或大貴族等知識分子知道，但像師傅這種為了學習魔法而透過勤學得知的人也很多。

曾在日本學校學到這些知識的我，也同樣有應用在學習水魔法上。

「到這裡為止都懂嗎？」

「是的。」

「然後，關於聖魔法。」

聖魔法的想法似乎也和水一樣。先想像提升人體內的生命力，再以自己的魔力複製。

「用魔力複製嗎？」

「畢竟是生命力。要是消耗太多，那個人可是會死的。」

按照師傅的說明，無法使用聖魔法的人，就是因為身體在使用自己的生命力時，自然產生了抵抗。

聖魔法其實就是生物的生命力，所以才能對不死系魔物發揮極大的效果。

「因為是用魔力複製，所以不會產生任何影響，但若是太過慎重，身體還是會本能地進行防衛。」

正因為無法突破這道門檻，所以能使用的人才不多。

「暫時將體內的生命力集中到某處，讓上面清澈的部分與在體內壓縮的魔力連結，然後想像在上面點火。壓縮魔力的方法，就跟我這兩個星期教的一樣。」

我回想熱衷於和師傅修行的這兩個星期的事情。

「集中魔力？」

「沒錯。你會使用火種的魔法吧？」

「那當然。」

「火種」的魔法，是指在指尖產生像打火機或火柴那種微弱火焰的魔法。因為能用來生火，所以在沒有魔法道具的地方或冒險與露宿時非常方便。

「你可以使出給我看嗎？」

「好的。」

我輕鬆地在食指上弄出「火種」的微弱火焰。

「你果然很有才能。不過，可不能這樣就滿足喔。」

師傅攤開雙手，讓十根指尖全都放出火焰。

「好厲害……」

「再來，還可以做到這種事。」

不只如此，他還能讓指尖的火焰同時變大或變小，從左右的拇指開始依序改變火焰的大小，或是讓所有指尖的火焰形狀分別變成0到9的數字。

師傅精湛的技術讓我看傻了眼，說不出話來。

「威爾是個想像力豐富的天才，應該馬上就能學會那項魔法。」

雖然這的確是事實，但我只是因為小時候曾玩過電視遊樂器的角色扮演遊戲和看過類似的動畫，所以實在不太值得稱讚。

「畢竟如果學不會就無法使用。不過，繼續鑽研自己能夠使用的魔法，還是有其必要。」

那個魔法究竟威力如何，能夠施展的範圍又有多大？

直到能巧妙控制這些要素，才能成為所謂「能幹的魔法師」。

「這樣才能叫做專業。在使用攻擊魔法時，也能避免誤傷同伴和過度消耗魔力。」

在攻擊一隻魔物時，使用廣範圍的攻擊魔法並沒有意義。

而且消耗多餘的魔力，可能會導致魔力耗盡與隨之而來的死亡。

「如果現在就能先學會這些，將來也能充分應用在其他魔法上。所以必須每天踏實地進行集中和控制的訓練。」

到死為止都要每天訓練，師傅笑著對我提出忠告。

「我剩下的時間已經不多。就算我之後不在了，還是不能偷懶喔。」

先前的忠告和魔法必要的集中與控制。

我參考這兩個星期的修行和師傅的建議，集中意識。

果然還是無法馬上發動。

「不用擔心，冷靜下來集中精神。」

我在師傅的激勵下更加集中精神，接著聖系統特有的藍色光輝便從我的雙手滿溢而出。

「不好意思，沒辦法示範給你看。」

師傅愧疚地說道，但既然他已經變成名為死語者的不死系魔物，那無法使用聖魔法也只能說是理所當然。

之後過了約兩小時，反覆練習了好幾十次的我，總算成功學會了威力足以讓師傅成佛的光線魔法。

「終於到這時候了。在那之前……」

確認我能夠使用「聖」魔法後，師傅從他的魔法袋裡拿出看起來非常昂貴的茶具組，以及一種類似攜帶式火爐的魔法道具。

「來喝杯茶吧！」

「那個……師傅？」

「既然威爾的特訓已經有了著落，最後我有些話想跟你說。」

師傅用攜帶式火爐煮熱水，同時謹慎地計算一樣從魔法袋裡拿出的茶葉分量裝進茶壺。

「瑪黛茶的茶葉如果不好好計算分量，會變得又苦又難喝。」

瑪黛茶是這個世界最常喝、味道類似日本綠茶的茶。

儘管鮑麥斯特家平常也會泡，但只會小氣地端出味道和白開水差不多的淡茶，所以我不是很喜歡。

「這是我珍藏的高級茶葉。還有剩很多，威爾之後可以隨意拿去喝。」

煮好熱水後，師傅慎重地將泡好的瑪黛茶倒進看似昂貴的杯子裡遞給我。

「雖然看起來很好喝，但我已經喝不出味道了。」

一旦成為不死族，似乎就感覺不出味道。儘管食慾增加的殭屍什麼都會塞進嘴裡，但他們也完全不曉得食物本身的味道如何。只是因為肚子餓才吃東西而已。

「那麼，我們來聊聊吧。」

師傅泡的瑪黛茶非常好喝。

相較之下，鮑麥斯特家的茶就只是有顏色的白開水。

「首先，是送給我第一號弟子的畢業紀念品。」

師傅曾經跟我說過，他是沒有家人的孤兒。

雖然在曾僱用他的布雷希洛德藩侯領地內還有房子和一些錢，但那些資產應該都已經被布雷希洛德藩侯家接收，沒辦法給我。

不過像他現在身上裝備的長袍和頭環、能夠產生附帶屬性的魔力劍身的「魔法劍」，以及身上的戒指和項鍊等飾品，都能在我長大後使用。

而最值得一提的，其實是他將裝了大半財產的「魔法袋」使用者改成我。說到「魔法袋」，這也是某角色扮演遊戲常聽見的東西。

那是一種內部能裝超過袋子表面容量的大量物品的魔法道具。

魔法袋在這個世界可以被分成幾個種類。

首先是和其他魔法道具相同，只有魔法師能用的專用品或誰都能用的泛用品。

再來是只有登記者能存取的專用品，或誰都能存取的泛用品。另外雖然還有容量的問題，但有辦法製作容量很大又不限使用對象的魔法師並不多，因此價格似乎也很昂貴。

「我託付給你的魔法袋只有魔法師能用，而且專用使用者已經改成你了。至於容量，因為是和使用者的魔力成比例，所以給你用後，容量應該會變比較大吧。」

說著說著，師傅交給我一個裝著類似串珠的魔晶石的拉繩袋。

「雖然看起來很小，但裝大東西時開口會擴張所以不用擔心。裡面的東西全都給你。比起就這樣在魔之森放到腐朽，還是交給你用比較有意義。」

「可是，這些都是非常貴重的東西……」

我一猶豫要不要收下，師傅就笑著繼續說道：

「威爾。我也是有身為師傅的自尊。對給弟子的餞別禮小氣，你不覺得有點難為情嗎？」

「那麼，我就收下了。」

「威爾明明年紀還小，個性卻很耿直。小孩子不用客氣，直接收下就好了。」

讓渡完魔法袋後，我和師傅開始閒聊。

「我小時候也曾和威爾一樣用魔法狩獵喔。」

用魔法狩獵兔子和豬的師傅，曾在居住的孤兒院被當成英雄看待。

「威爾，肉很偉大喔。」

「我非常能理解。」

「我也經常自己賺零用錢呢。」

師傅以前會用魔法從地面收集鐵砂，等累積到一定分量再拿去鐵匠那裡賣。

「雖然我是孤兒，但拜魔法所賜，並沒有過得非常貧窮。威爾也要適當地努力。外面的世界非常有趣喔。」

在那之後，我們又天南地北地閒聊了一會兒，最後終於到了讓師傅成佛的時間。

「雖然有點不捨，但差不多該麻煩你了。」

師傅邊說邊捲起自己的長袍，露出自己的腹部。

那裡的膚色已經從死語者特有的蒼白變成殭屍的茶色。

看來是真的已經沒時間了。

「我知道了。」

我一反常態地哭得一把鼻涕一把眼淚，同時發動光線魔法，讓光線凝聚在指尖。

魔物化的師傅生前是高階魔法師，因此必須聚集不少魔力才能讓他成佛。

「師傅……」

「我很滿足了。原本差點就要變成殭屍在魔之森深處徘徊的我，已經順利將自己的技術傳授給弟子。這樣我就能放心地前往天國或地獄了。」

「師傅……」

我淚流不止。

現實上，要在這個世界學會魔法，的確都得靠自己想辦法。畢竟適合自己的修練方法能套用在別人身上的機率非常低。

不過，師傅的鍛鍊方法奇蹟般的適合我。

如果只靠自己修煉，恐怕要花上好幾年的時間，才能獲得和這兩個星期一樣的成果。不只如此，師傅甚至幫我進行「容量配合」，讓我的魔力量比修行前增加了幾十倍。

「希望你別因此自滿，繼續努力修行。因為你……威爾，一定能成為名留青史的魔法師。」

「是……」

我一面啜泣，一面將凝聚的神聖光線照向師傅。

師傅瞬間被蒼白的光之漩渦籠罩。

「不錯的魔法。完全感覺不到痛苦。倒不如說像是被一股舒適的溫暖包圍。」

與這句話相反，師傅的身體逐漸變得愈來愈透明。

師傅真的馬上就要消失了。

「師傅，感謝您至今的照顧。」

「謝謝你讓我暢快地成佛。等差不多過一百年後，再於那個世界相會吧。」

雖然這實在不太像是最後的遺言，但說完這句話後，師傅就留下裝備和魔法袋，肉體伴隨著藍白色的光芒一起升天了。

這就是我和我唯一承認的師傅，艾弗烈·雷福德短暫交流的記憶。

「師傅已經滿足地成佛了。我不應該再繼續悲傷下去。」

師傅升天消失後，我如此下定決心。

我沒有替師傅造墓。

他事先說過「我不需要墳墓。只要認識的人偶爾能想起我就夠了」，因此我也決定遵照他的意思。

至於魔法袋，即使由我接收也不會有任何問題。

畢竟這是本來會被埋葬在魔之森深處的東西。

就算真的有正式的繼承者存在，也不太可能會冒生命危險進森林尋找。要是為了找遺產而進入魔之森死掉，那才真的是得不償失。考慮到地點，即使出錢僱用冒險者，應該也沒什麼人會願意接受委託。

正常人當然都會放棄。

「總而言之，先確認內容吧。希望有好用的魔法道具。」

我觸摸魔法袋上的小型魔晶石，注入微量的魔力。

只要這麼做，腦中就會浮現魔法袋內的物品清單。雖然不曉得原理如何，但這真是非常方便的功能。

首先浮現在腦中的，是師傅留給我的信。

我迅速從袋子裡拿出信拆封，上面細心地列了一張關於魔法袋內物品的清單。

「這樣就不必和浮現在腦中的大量文字奮鬥了。」

信上是這麼寫的：

『和威爾相處的這段時間非常快樂。為了怕開心過頭有所遺漏，我留下了這封信。那麼，關於我交給你的遺產內容……』

首先，是師傅愛用的裝備品，長袍、頭環、杖、能產生魔法劍身的劍柄、能射出魔法箭的弓，以及幾把由奧利哈鋼或祕銀製成的刀子。

原來如此，看來師傅真的曾經是優秀的冒險者。

再來就是一些師傅愛用的魔法道具之類的物品，不過這些大半是魔法師專用的東西，以及能在市場賣到高價的泛用品。

「能夠冷藏食物和製作冰塊，相當於冰箱的魔法道具啊……上面還有寫到大部分的泛用品，都是冒險者時代在遺跡裡撿到的。」

冒險者的工作，是侵入魔物的地盤狩獵牠們以取得素材與肉，或採取只存在於魔物地盤內的植物與礦物。此外，還包含探索不知為何只存在於魔物生活圈內的古代魔法文明的遺跡和迷宮，取得那些古代的遺產。

不過，能做到這些事情的冒險者非常稀少。

古代魔法文明，是在約一萬年前滅亡、比現代還要擅長製作優秀魔法道具的文明，雖然出自這種遺跡的魔法道具都價格不菲，但同時危險性也較大。

連在冒險者時代曾數次探索遺跡成功的師傅都未能倖存，由此可見魔物有多麼恐怖。

『以少數精銳入侵魔物地盤的成功率，遠比其他方式要高。這也是為何會有冒險者這種行業存在的原因之一。雖然我曾清楚向布雷希洛德藩侯說明過這點……』

信裡精準地穿插這些回答，就像是在和我對話一樣，讓我忍不住露出苦笑。

『為了開發新土地和殲滅魔之森的魔物而派出那樣的大軍，根本就不可能低調行事。在最開始那幾天，我們成功大舉殲滅魔物，但在眾人因此得意忘形的期間，反而又被數十倍的魔物包圍。雖然人數不多，但真虧有些人能順利逃跑呢。』

據說那些極少數的倖存者們，有一半以上都再也無法勝任士兵的工作。

這麼說來，我們鮑麥斯特家諸侯軍的倖存者也有半數被免除兵役，我曾經看過他們像是在害怕什麼般，無時無刻都戰戰兢兢地幫忙務農和開墾的樣子。

他們一定受到非常嚴重的心靈創傷吧。

『回到剛才的話題，我曾經想盡可能阻止出兵。不過即使徹底表示反對，布雷希洛德藩侯應該也不會接受。因此，我提出為了維持士兵們的士氣，即使未能殲滅魔物，也應該針對狩獵的成果給予賞賜的建議。』

前代布雷希洛德藩侯接受了師傅的建議，豪邁地以高價收購士兵們獵來的魔物素材。

士兵們也因為能獲得一大筆錢，開心地持續狩獵。

只要士兵們有拿到好處，或許會醞釀出見好就收的氣氛，布雷希洛德藩侯不僅能藉此填補出兵的費用，在面子方面也能獲得討伐大量魔物的實績和素材，讓事情告一段落。

師傅似乎是抱持著這樣的想法才一同參戰。

結果事情愈演愈烈，布雷希洛德藩侯甚至斷言要殲滅魔之森的所有魔物才肯撤兵，然後就遭遇了那場慘劇。

『而且只要有我在，就能減輕後勤的負擔。』

原來如此，師傅利用魔法袋充當運輸隊，盡可能增加正面戰力。

布雷希洛德藩侯軍那兩千名大軍所需的後勤，會造成龐大的負擔。即使是被派去鄰近的領地，還是必須跨越比富士山還高的山，再往南行軍三百公里才能抵達魔之森。

不僅如此，鮑麥斯特騎士領地的人口只有約八百人。

根本不可能補給兩千名士兵需要的飲食。

更何況鮑麥斯特家諸侯軍還不是敵軍，是為了解放魔之森而一同奮戰的同伴，因此更不可能從其根據地徵收糧食。

後勤部隊必須跨越比富士山還要高的山脈，運送足以供給兩千人的軍隊行動最長三個月的糧食與物資。師傅也在信內感嘆道，要是能在這時候就發現這計畫有多麼無謀就好了。

倒不如說，難道父親都沒有什麼想法嗎？

畢竟為了盡可能在戰後取回一些特權，他還讓身為家臣的大叔父率領百名軍隊隨行，導致最後增添了更多傷亡。

『我想你應該已經猜到了，所有預定要供布雷希洛德藩侯家諸侯軍和鮑麥斯特家諸侯軍的糧食和物資，全都裝在這個魔法袋裡。』

偉大魔法師使用的魔法袋，究竟能裝多少物資啊？

雖然能準備這麼多物資的布雷希洛德藩侯也很了不起，但能將那些全裝進魔法袋的師傅的魔力更是驚人。

『這種話應該輪不到你這個魔力比我多的人說吧？』

彷彿預測到我的想法，師傅在下一行漂亮地吐槽。

「不過，能讓兩千人行動三個月的糧食啊……」

儘管大部分都是能長期保存的硬麵包、不甜的餅乾、醃肉，或是裝在木桶裡的酸菜，但仔細想想，魔法袋的性質實在令人難以理解。

由於魔法袋內部是在魔力的影響之下、不受一般物理法則拘束的世界，因此完全不會有時間流逝。

正因如此，即使位於大陸中心的王都，以相對富裕的市民階級為主的那些人，餐桌上還是能吃到新鮮的魚類。由於昂貴的魔法袋都集中在作為王國經濟中心的王都，因此這也可以說是理所當然。

這些都是書裡的知識，和鮑麥斯特領地的生活大不相同。無論是考慮到生活水準還是飲食狀況，我都想早點離開這個鄉下地方。

再來，就是備用的武器和防具。

這些大多是由鐵或青銅打造的物品。

此外還有許多例如帳篷等看起來就是中世紀軍隊會使用的備用品、為了預防當地沒有飲用水而準備的大量清水、用來提升軍隊士氣的布雷希洛德藩侯領地產的葡萄酒，以及應該是用來療傷的白蘭地等蒸餾酒。

看來不管哪個世界的大人都一樣喜歡酒。雖然酒量不強，但我前世也每晚都會小酌一番。

因為現在這個狀況無法入手，所以我也就放棄了。

「剩下的，就是大量的魔物素材與肉，以及在魔之森採集的戰利品嗎……」

看來賞賜的煽動效果非常好，袋子裡裝了大量的戰利品。

不過，即使知識上能理解那些是什麼，還是有許多現在的我無法活用的物品。

由於只要裝在魔法袋裡就不會劣化，因此我決定暫時先將這些東西留在袋子裡。

「最後，是大量的寶石、首飾、金幣和銀幣啊……」

這些似乎是師傅的財產，以及布雷希洛德藩侯為了大貴族的面子準備賞賜給士兵們的物品。

看來這袋子裡裝了足以令人頭暈目眩的大筆財富。

「話雖如此，現在的我也不能用。」

這個村子根本就沒有能讓人隨意購物的店鋪，這袋子的存在也不方便公開。

即使是在長大前基本上都採放任主義的八男，要是被人發現有這麼多財產會怎麼樣？

最糟糕的情況，可能會有生命危險。

「所以在長大之前，還是先封印裡面的東西吧。」

雖然很想穿穿看師傅那些附有強力魔法的長袍或裝備品，但我的身體畢竟是五歲兒童。基於尺寸方面的問題，還是只能等待這個身體長大。

「呼……回家吧……」

我將師傅的裝備收進魔法袋，帶著今天的獵物踏上歸途。

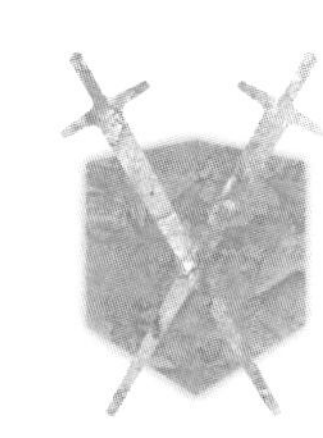

第四話 繼承人長男結婚，和英俊兄長的離別

自從我占據威德林・馮・班諾・鮑麥斯特的身體，已經過了約三個月。

這段期間發生的許多事情，宛如洪水般玩弄我這個嬌小的身軀。

話雖如此，我自己基本上也滿享受這個狀況的。

儘管是無用的八男，也無法繼承徒具虛名的貴族家門或領地，但我已經知道自己擁有這個世界為數不多的魔法師的才能，就算身體是小孩，也能不受限制地外出和練習魔法。

坦白講，其他家人也忙到沒空理會五歲的小孩。

除此之外，最近在知名魔法師艾弗烈・雷福德師傅的協助下，我成功透過名叫「容量配合」的特殊方法大幅增加了自己的魔力，並在他底下接受有效率的魔法訓練。

其實我原本希望他能再多教我一些東西，但他早已經是死人，只是冒著成為殭屍的風險變成死語者，尋找魔力高的人。

最後我用師傅教的「聖」屬性魔法將他安詳地送往另一個世界，並從他那裡收到了畢業的證明。

我從他那裡繼承的遺產，是多到就算以後不工作也能一輩子不愁吃穿，裝了各種財寶和物資的魔法袋。

話雖如此，現在的我在世人的眼光裡，還是個必須靠父母照顧的五歲兒童。

雖然這對內在是二十五歲的我來說實在太沒道理，但我還是必須設法盡早獨立離開這個家。

為了將來能夠獨立和獲得自由，我努力念書和進行魔法與武藝的訓練。

然後，我似乎在前幾天變成了六歲。

我之所以無法確定，主要是和我在家裡的立場有關，在這個世界，通常只有王族或貴族這些富裕階層有替孩子慶生的習慣，不然就是像我家這樣，只會替家裡的長男慶生。

我的內在已經是成年人，所以早就不需要生日派對，但我六歲後唯一對我說恭喜的，就只有排行在我前面的哥哥——家裡的五男埃里希。

既然排行第五，那為什麼是排在我前面呢？其實只要別把妾生的哥哥們計算在內，就很容易理解了。

母親曾交代過我，不可以叫妾生的六男和七男哥哥。

因為是貴族，所以非常注重這方面的身分差距。

今年十七歲的五男埃里希，是個身材纖細又沒什麼力氣的男子，不過他不只長得帥，還是最關心我這個沒用弟弟、最常和我說話的溫柔哥哥。

在領地內的年輕小姐、稍微年長的小姐，或是再更年長的小姐之間，他似乎也很受歡迎。

其實我們鮑麥斯特家的人長相都不怎麼樣，儘管稱不上醜，但大多普普通通。

此外，在才能方面也有點微妙。

雖然初代祖先是為了成為有領地的貴族，特地從王都帶貧民移居到這裡的聰明人物，但即使之後沒有出現愚昧的當家，也沒有在內政、戰爭或討伐魔物方面大活躍的人才。

五年前那場對魔之森的出兵，損失了許多成年男性的勞動力，為了挽回五年前那痛恨的錯誤政策，父親亞瑟每天都親自和兒子們一起開墾土地。

他當然不會使用魔法，劍術之類的騎士素養也只有微妙的水準。

為了確保肉類，領地內每年都會舉行幾次聯合狩獵，因此不如說他還比較擅長狩獵時最常用到的弓。

而這個傾向，同時也是長男科特以下的孩子們共同的特徵。

儘管領地內有座魔之森，但魔物不會離開森林，領地內也沒有會進去的好事者。所以比起劍術，還是磨練能確保肉類來源的弓術比較派得上用場。

順帶一提，在討論劍或弓之前，要去魔之森還得先歷經數百公里的行軍。

原來如此，難怪不只是我，埃里希哥哥也每次都草草結束劍術的訓練。

明明是騎士，但別說很少有用劍的機會了，根本就是幾乎用不到，所以就更無法認真投入訓練。

不過每天早上陪我一起訓練的埃里希哥哥不擅長劍術，也可以說是幫了我一個大忙。

相對地，埃里希哥哥的弓箭技術被譽為領地內第一，而且他和我一樣只要有時間就會去父親的書房看書，因此不同於其他只會讀寫平假名和片假名的家人，他的讀寫和計算能力擁有和我相同的水準。

「等再過一陣子，我打算去王都參加下級官員的考試。」

原來如此，和我的魔法不同，看來他打算踏實地走上擔任公務員的道路。

雖然我家大概就是這種感覺，但其實這樣的家庭環境即將產生巨大的變化。

父親宣布長兄科特的婚事總算定下來了。

「科特的妻子，已經決定是邁巴赫家的次女亞美莉了。按照計畫，她下個星期就會到這裡舉行婚禮。」

在擺了平常的黑麵包、加了蔬菜與肉的湯、烤珠雞、自製的山葡萄汁與葡萄酒，這個託我的福變得比較豪華的晚餐餐桌旁邊，父親對所有家人發表長男科特的婚事。

「該來的時刻終於來了……」

晚餐後，在擺了其餘的四名兄弟床鋪的房間內，很少和我說話的三男保羅和四男赫爾穆特，開始在床上整理自己的私人物品。

畢竟是貧窮貴族家的三男與四男，個人物品不多的兩人一下就完成了這項作業。

「埃里希哥哥，為什麼保羅哥哥和赫爾穆特哥哥要整理行李啊？」

「因為這個家的繼承人科特哥哥要結婚了。等婚禮結束後，我們就必須離開這個家。」

埃里希哥哥詳細地為我解答。

每次這種時候，埃里希哥哥都不會因為我是小孩子就瞧不起我，反而會好好地幫我詳細說明原因。

這個世界對成人的定義，似乎是約十五歲到十七歲。

儘管多少有些彈性，但要提前還是延後全都是由父母裁量，即使如此，三男保羅和四男赫爾穆特感覺還是比別人晚了一點。

問過之後我才知道，原來就算是無法繼承家門的孩子，在離家時通常還是能從家裡拿到一些援助，只不過家裡因為五年前的出兵失利而沒有這種餘裕，才會讓本來早就該離家的三人留在家裡幫忙。

最後甚至必須刻意延後長男科特的婚事，才成功存到這筆錢，因此必須晚婚的科特哥哥也可以說非常不幸。

「雖然聘金也是個問題，但其實我們家並不算是個好夫家。」

這麼說也對，應該沒有哪個貴族的千金會想嫁到這個和鄰近領地隔了一座山的窮鄉僻壤吧。

畢竟就連利用自己小孩的婚事，來拉攏鮑麥斯特家這種貴族常用的手段，都可能一個不小心就因為援助鮑麥斯特家而大幅虧損。

「唉，光是能結婚，科特哥哥就還算是好的了。」

更可憐的，是被當成長男有什麼萬一時的保險養育的次男赫爾曼。

雖然只要科特哥哥和妻子生了小孩，他就能夠獲得自由，不過在那之前，他都必須一面幫忙開墾，一面持續承受無法獨立的苦澀。

這麼一想，我還算是比較幸運的了。

只見過一次面的妾——蕾拉的孩子們則是因為母親的身分，除非正妻的孩子全滅，否則根本沒機會繼承家門，不期待這種奇蹟的他們最後不是繼承老家，就是適當入贅或嫁到其他名主家，不會成為貴族。

坦白講，我有點羨慕他們。

「事情就是這樣，等婚禮結束後，我也會去王都。威爾，雖然你會一下子變得很寂寞，但還是要好好照顧自己喔。」

「嗯，感謝你一直以來的關照。」

「我會再寄信給你。」

「我也會好好回信。」

「太好了。畢竟這個家會寫信的人不多。雖然威爾是真的會寫。」

隔天，我和埃里希哥哥一起去森林狩獵和採集。

這是因為再過幾天，新娘就會抵達鮑麥斯特騎士領地舉行結婚儀式。

儘管規模不大，好歹還是貴族的婚禮。

再加上這種偏僻鄉下只要一有婚喪喜慶，平常缺乏娛樂的領民們就會想要一起慶祝。

實際上，我想他們的目標應該是由鮑麥斯特全權負責準備的料理和酒。

總而言之，姑且不管這些真心話和表面話的事情，一旦參加婚禮的人多達數百名，就需要大量的食材和酒。

話雖如此，身為這塊土地的統治者，如果在這方面小氣可是會構成問題。

這是因為若統治領地的貴族被領民們認為是個小氣或窮酸的傢伙，可能會因此留下極大的禍根。

即使平常是靠乾巴巴的黑麵包和沒味道的蔬菜湯充飢，在這種時候還是得準備吃不完的菜餚和喝不完的酒。

就算新娘的娘家會用聘金幫新娘準備衣服和首飾，新郎還是得自己新做一套衣服，另外還有剛才提到的婚禮需要的料理和酒。

再怎麼說，我們家除了原本就窮以外，還曾因為無謀地出兵魔之森，造成無法忽視的人力、物力與金錢的損害。

隨著領地內的體制逐漸重建，再來就是要替身為繼承者的長兄科特找太太，以及準備足以舉辦婚禮的儲蓄。

正常來講，即使是男性，貴族通常也是在約二十歲時結婚，為什麼科特哥哥直到二十六歲都還是單身呢？

這都是因為存在著令人悲傷的殘酷現實。

（科特哥哥結婚是無所謂。）

雖然我原本就是無法繼承家門的八男，但坦白講，我也不想繼承這塊只有偏僻窮村的領地。

我想快點獨立，以冒險者的身分生活。這才是我的夢想。

（不過，會不會太早把其他哥哥趕出門了？）

婚禮後，按照這個世界的常識早就被當作成年人看待的哥哥們，就必須離開家各自獨立。

貴族習慣上，會在次男以下的男子離家時給他們一筆錢，作為無法繼承家門或領地的補償。

儘管這筆錢的金額通常不大，但我們家原本兄弟就多，財務又很拮据，因此花了不少時間才湊出這筆錢。

這次除了次男赫爾曼和才六歲的我以外，三男到五男都必須離家獨立。

作為科特哥哥萬一不幸在結婚前猝死的保險，赫爾曼哥哥也像是順便般，入贅到有親戚關係的家臣家。

順帶一提，那個家臣家，似乎是父親叔父的老家，也就是之前率領鮑麥斯特騎士領地軍出兵魔之森的人物。

當然，他在那時候戰死，包括身為繼承人的長子在內，父親的堂兄弟們也大多陣亡。不只如此，剩下的男性繼承者們也接連遭遇不幸，現在是由相當大叔父孫女的人物，在勉強維持那個家。

赫爾曼哥哥就是要和那位孫女結婚，繼承那個家。

該怎麼說，這簡直就像是〇ＨＫ的〇史連續劇的劇情。

雖然規模小得可憐。

回到原本的話題，明明我們鮑麥斯特家已經決定好許多方針，照理說應該正忙著準備婚禮，為什麼我和埃里希哥哥會在森林裡呢？

答案不難猜想……

簡單來講，就是在父親的命令下，前來獵取婚禮需要的料理食材。

而且不知為何，我必須和埃里希一組。

我明明就不想在別人面前施展魔法，但卻莫名多了一個同伴。

再加上那名夥伴還是和我最聊得來的埃里希哥哥，這也未免太不湊巧了。

既然是感情最好的哥哥，那自然不能隨便應付，不過如果不使用魔法，年僅六歲的我又很可能會空手而回。

正在我思索該怎麼辦時，埃里希哥哥對我說道：

「不用在意我，直接使用魔法吧。」

「呃……」

雖然我因為埃里希哥哥突然允許我用魔法而一時語塞，但其實我自己也不認為沒人知道我會使用魔法。

畢竟看在正常人眼裡，我這個六歲的小孩可是獨自進入有狼和熊出沒的森林，還帶了不輸大人的狩獵和採集的成果回家。

有一種魔法是用來強化平常沒什麼力氣的人的力量與速度，雖然有程度上的差異，但這算是相對比較流行的魔法。

可想而知，家人之所以放心地讓我獨自進入森林，應該就是默認我使用魔法，或是有人對家人們下了禁口令。

「威爾果然聰明到不像是個六歲的小孩呢。」

我在轉生為鮑麥斯特家的八男威德林的那天，就已經在夢中得知他五歲前的樣子。

我轉生前的威德林，雖然沒表現出魔法師的才能，但總是窩在父親的書房裡看書，是個行動看起來與年齡不符的孩子。

這方面和現在的我有許多共通點。

「沒錯。父親、母親和科特哥哥他們也知道。除了威爾以外的所有家人，都知道威爾有魔法的才能。」

雖然我隱約有這種預感，但這麼一來就會產生一個疑問。

為什麼不將我的魔法用在領地的發展上？

埃里希哥哥似乎察覺我的疑問，並立刻替我解答：

「這是因為若讓威爾從年幼時期就為領民們發揮魔法的才能，有可能會引發繼承紛爭。」

包含貴族在內，這個世界基本上是由長男優先繼承家業。

而如果是王族或貴族，那還要看生下小孩的妻子是什麼身分。

父親的妾蕾拉是名主之女，並非貴族，因此她和父親的小孩基本上沒有繼承權。

就算有，也只限於正妻沒有生下男孩的情況。

至於在正妻只有生女兒的場合，就交由那位貴族來決定。

可以分成讓長女招贅來繼承，或是讓妾生的男孩來繼承兩種狀況。

總而言之，雖然基本上有以正妻之子和長男為優先的習俗，但最後決定權還是掌握在身為當家的父親手中。

拜此之賜，這世界經常發生演變至流血衝突的繼承糾紛，而且每隔幾年就一定會有貴族被王家發現無法自行收拾騷動，被處以削減領地或甚至剝奪貴族身分的處罰。

「威爾，你應該和我一樣想離開家吧？」

「嗯，我想趁年輕時當上冒險者。」

「那就好。父親也知道你的想法。」

「是這樣嗎？」

「雖然看不懂漢字，但他好歹是貴族家的一家之主。」

父親有預想過將我的魔法活用在領民身上時的狀況，不過比起為領地帶來的利益，還是家臣及領民們不負責任地產生「會使用魔法的威德林比較有資格當鮑麥斯特家的當家吧？」的想法，並建立起奇怪的派閥更令人困擾。

「就算沒變成那樣，五年前出兵失利帶來的影響也還沒消退。」

因此不只是開墾新農地，就連平常的農事都人手不足，光是調度人力就得費上好一番工夫，以回復損害為名義而暫時提高的稅金，也在領民們的心中埋下了不滿的種子。

尤其是在那次出兵中，鮑麥斯特家的直系完全沒出現任何犧牲者。

在那之前，光是這個家沒人出兵這件事，就已經夠讓領民們產生不信任感了。

「實際上，分家中世代擔任家臣的大叔父和他的三個兒子也都戰死了。」

大叔父的家還因此只剩下戰死的長男的女兒，而她再過不久，也要讓次男赫爾曼入贅以繼承家門。

說大叔父的家人不會因此感到不滿是騙人的。

「所以我們才不大肆張揚威爾的魔法。」

否則一定會有人出來主張我比較適合擔任鮑麥斯特家的下一任當家。

「我想有些人應該也隱約發現了。不過只要威爾別在大家面前展現魔法，就不會有證據。」

「原來如此，所以大家才會默許我整天窩在森林啊。」

「父親應該是希望等你十五歲成人之後，能毫無顧慮地離開家吧。」

「我個人是想早點離開家。」

雖然規模不大，但從埃里希哥哥那裡得知領地內有發生繼承紛爭的風險後，我更加希望能早點成人離開這個領地了。

＊　＊　＊

今天也繼續在森林裡狩獵。

「這座森林是我們家專用的森林，所以可以儘管用魔法打獵。我之所以同行，只是為了方便把這些狩獵的成果歸功於我而已。」

「喔。所以我之前才都沒遇見其他獵人啊。」

「就算把這裡當成我們的專用地，也不會有領民抱怨。畢竟我們的領地就只有土地特別多。能夠自由狩獵和採集的森林也不少。比起開拓魔之森，還是招募移民專心開墾普通的無主地比較實際。」

「就是啊。」

在得知家人默認我的魔法，以及自己可能被迫捲入繼承紛爭後，我更想早點離家了，但無論如何，似乎都不能讓未滿十五歲的小孩獨立。

更何況我每天都會獵珠雞回家，要是我不在，晚餐的菜就會變少。

這是在說笑？

還是認真的？

雖然是出於一些莫名其妙的理由，但總之家人似乎已經默許我每天前往森林。

「多虧威爾，原本只有黑麵包和蔬菜湯的晚餐，才能多出肉、山芋、蘑菇和水果。再也沒什麼比這更令人高興的事情了。」

「那個，父親和其他哥哥平常不打獵嗎？」

「因為五年前有許多成年男性戰死。為了填補他們的空缺，現在連父親都必須親自下田耕作。當然，我們也是一樣。」

「原來如此……」

「話雖如此，總不能連科特哥哥的婚禮，都只靠黑麵包和蔬菜湯解決。這部分就要期待威爾囉。」

的確，身為貴族，感覺要是在婚禮上端出那種菜色就沒救了。

「埃里希哥哥，可以把弓舉起來嗎？」

「不用自己找真是輕鬆呢。」

在那之後的半天，我利用探測魔法接近平常總是迴避的大型獵物，再用魔法強化射箭技術是鮑麥斯特家最好的埃里希哥哥的箭。

完全沒必要修正箭的方向和路徑，透過魔法提升威力的箭毫不留情地命中豬、鹿、獾或珠雞的要害。

我和埃里希哥哥快速替因為心臟或頭頂被箭射中而斃命的獵物放血，並為了讓皮之後能夠變軟而事先塗上鹽巴。

坦白講，這對六歲兒童來說算是非常辛苦的工作，但幸好有強化身體的魔法。

我們就這樣順利地處理完獵物。

「果然你至今都在保留實力呢。」

「要是有六歲兒童獨自獵了頭豬回來，那不是很奇怪嗎？」

「其實對優秀的魔法師來說，這並不算什麼特別的事情。」

按照埃里希哥哥的說法，雖然為數不多，但在生來就擁有龐大魔力的魔法師中，甚至還有年紀比我小就在狩獵魔物的勇者。

畢竟只要能發射壘球大小的火炎球，就能輕易殺掉魔物化的大型動物、哥布林或動作遲緩的殭屍。

此外似乎也有像我這樣強化身體能力，利用弓箭或長槍戰鬥的類型。

總之這裡和地球不同，就算是小孩也可能非常活躍。

「魔法這種東西真是厲害。居然能將我射的箭強化到這種程度。」

「因為埃里希哥哥瞄得很準，所以只要調整威力就好，非常輕鬆。」

「很榮幸能得到你的稱讚。」

我一開始還特別費工夫用土系統的魔法自己製作箭頭，再用魔法將箭頭射向獵物。

然而，卻被埃里希哥哥問道「為什麼要特地做這麼麻煩的事情」。

的確，雖然是兒童用，但我也有自己的弓箭。

等正常地將箭射出去後再修正軌道與威力，也比較不會浪費魔力。

根據我自己的分析，我大概是為了增加魔力量才刻意使用多餘的魔法，這是我遇見師傅前養成的習慣。

「那麼，今天就到此為止吧。」

「好的。」

在我們兩人面前，已經堆積了大量放過血的獵物。

畢竟是平常只有我出入的森林。

只要有心，想在這個沒被濫獵的森林抓多少獵物都行。

而且領地內還有許多像這樣的平原和森林。

儘管沒有魔物棲息，但因為有熊或狼等凶暴的野生動物，所以不用說是女人和小孩，就連有戰鬥力的男人也不能單獨狩獵或採集。不過只要父親帶頭指揮聚集人手，要開發農地或居住地應該不怎麼困難。

實際上，目前也正在進行這些工程。

「雖不到被人唆使的程度，但五年前出兵的真相，好像只是配合布雷希洛德藩侯的行動。」

開發土地只是其次，布雷希洛德藩侯真正的目標，是能讓人瞬間致富的魔物的素材與肉，以及只有在魔物棲息的領域能採到的魔法藥和靈藥的材料。

根據埃里希哥哥的說明，能夠充當用來治療傷口和疾病的魔法藥原料的藥草和動植物的素材，需求量特別高。

能在魔物的領域內採到的藥草。

這些東西在我的前世，基本上都是被當成中藥的原料。

如同奇幻故事的慣例，這個世界也有一用就能馬上讓傷口癒合、治療疾病或甚至讓死者復活的藥。不過這些不是需要用到只能在魔物的領域採取到的藥草，就是需要擁有藥師的才能、能在製造過程將魔力灌注到原料內的魔法師，或是能使用治癒魔法的人才。

這類便利的道具，在加上工錢後就會變得非常昂貴。

「我們領地內的魔之森因為幾乎沒人進去過，所以資源還很豐富。即使是在入口附近，也能採到貴重的藥草或採集物。」

反倒是布雷希洛德藩侯領地內部與周邊的魔物領域，都已經要進入深處才能獲得這些材料。

即使小心不要濫採，能作為魔法藥材料的藥草，需要的成長時間仍是一般藥草的好幾倍，因此數量非常稀少。

而且無論布雷希洛德藩侯再怎麼禁止濫採，也無法確認冒險者們在魔物的領域中有沒有確實遵守規則。

「再怎麼樣，總不能直接跟父親說是為了採集素材。所以布雷希洛德藩侯只好另外找名義調派大軍，但最後卻因此刺激到魔物，站在我們的立場，也只能笑了。」

埃里希哥哥心裡應該也很想對前代布雷希洛德藩侯抱怨吧。

畢竟為了配合他的任性，鮑麥斯特家因此變得窮困，連帶也稍微延後了埃里希哥哥離開這個家的時期。

在其他地方狩獵的哥哥們，一定也是相同的心情。

而且我們還得像這樣被迫幫忙狩獵婚禮需要的食材。

「今天做到這裡就行了。之後還得再打獵三天。太拚命也不太好。」

我也贊同埃里希哥哥的意見，於是我們兩人就拉著類似拖車的道具回家。

另外，我和埃里希哥哥打到的獵物，似乎比其他兄弟和村裡的獵人加起來還多。

後續的三天，不知為何大家都非常期待我們狩獵的成果。

接著五天後，長男科特的妻子和護衛總算在經歷漫長的旅程後抵達，並在教會的老神父主持下舉行婚禮。

和前世的基督教儀式相同，這裡的婚禮果然也是在教會舉行。

新娘亞美莉今年十八歲。

儘管覺得兩人年齡有段差距，但在這個世界似乎沒什麼人會在意。

一旦身分提高到王族、貴族或是成功的大商人，就經常因為妻子去世或單純想要年輕的妻子等原因，和差不多這年紀的下級貴族的女兒再婚，或是將她們納為妾室。

而且亞美莉結婚的年齡，在這個世界算是平均。

雖然活躍程度不輸男性的女冒險者有較為晚婚的傾向，但無論平民還是貴族，女性通常都是在二十歲前結婚。

因為即使如此還是會有個人差異，所以就算二十出頭還沒結婚，也不會被人在背後說閒話。不過一旦超過二十五歲，似乎就會被當成是中年婦女。

亞美莉的娘家邁巴赫家，是財政狀況比我們還要好的騎士爵家，畢竟是一輩子只有一次的重要場面，因此她的家人也幫她做了一套相應的昂貴禮服。

除此之外，用來贈送給賓客的紀念家具看起來也非常高級。對貴族而言，面子就是這麼重要的東西。

因為我不是貴族，所以應該與這種事情無緣。

「再一個星期……」

婚禮期間，埃里希哥哥如此嘟囔道。

再一個星期，就要換次男赫爾曼正式入贅名主的家。

等見證完這件事後，三男保羅、四男赫爾穆特和五男埃里希就能從父親那裡拿到一筆資助金，然後總算能夠離開這個家。

大家似乎都要去王都接受士兵或下級官員的考試。

由於只要合格就能自己維持生活，因此他們只要一有空就會拚命進行劍術訓練或念書。

「……」

「對威爾來說，現在獨立還是太早了。」

雖然只要有心也不是做不到，但畢竟我現在的外表還只是個六歲的孩子。如果在這種狀態下離家，最壞的情況可能會害父母被人非難「明明是貴族，居然捨棄不需要的孩子」。

我只能再忍耐約九年的時間。

「雖然我幾乎沒和科特哥哥和赫爾曼哥哥說過話。」

我們的年齡差距大到能當父子，而我的魔法才能又可能為鮑麥斯特家帶來繼承糾紛。

結果，就是我不曉得該怎麼向他們搭話。

他們應該不討厭我，但我能理解他們會不自覺地和我保持距離。

（唉……我又要開始孤獨地過活了。）

之後過了一個星期，次男赫爾曼的婚禮也順利結束，見證完婚禮後，埃里希哥哥他們也因為放棄繼承權，而從鮑麥斯特家拿到一小筆資助金，跟來領地做完生意準備回去的商隊一起前往王都。

「等你長大以後，歡迎你來王都玩喔。」

雖然溫柔的埃里希哥哥體貼地如此說道，但其他哥哥都沒特別說什麼。

（唉……我的孤獨傳說真的要開始了。）

至少之後得繼續尋找消磨時間的手段。

我一面看著埃里希哥哥逐漸遠去的身影，一面持續思考接下來的事情。

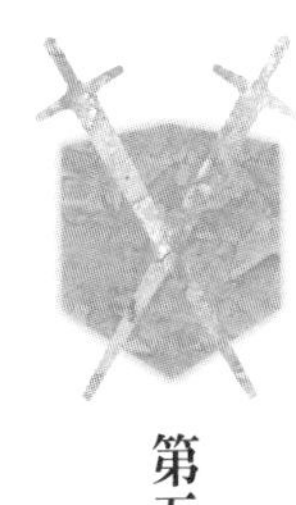

第五話　獨自進行探索與修行

「喂，我記得那孩子是……」

「是領主大人的八男，印象中是威德林大人……」

「他在做什麼啊？」

「誰知道？雖然在我們這裡，孩子也算是貴重的勞動力。不過根據傳聞，他似乎不怎麼勤勞。」

「畢竟是領主大人的孩子。只要不給人添麻煩就好了。」

長男科特與次男赫爾曼結婚，其他兄弟離家的一個月後，我獨自走在領地內連開墾計畫還沒訂好的平原上。

途中，我聽見正前往務農的領民們在說我的閒話。

我早就知道內容不外乎是「不幫家裡忙的任性么子」。

不對，應該說這些是父親和長兄科特刻意流出去的傳聞。

雖然領民們都認為我只是個六歲的孩子，但只要我用魔法快速開墾農地或整頓水路，他們應該馬上就會改觀。

因為這有可能會成為紛爭的種子，家人似乎讓別人以為我只是個「能使用提升身體能力的魔法，獨自進森林狩獵珠雞的孩子」。

然後，我總算得到白天能自由外出的許可。

只要能外出，行動多少會變得比較自由。

這是因為這個鮑麥斯特領地非常地廣闊。

父親他們認知的範圍，就只有位於北部和西部山腳的三座人口總數約八百人的村子，以及能養活這些人口的農地和森林。

不過實際上，還包含了東部和南部的未開發地區、附隨的魔之森，以及更前面的海岸與海。

鮑麥斯特騎士所領受的領地和特權，其實蘊藏了只要有辦法開發就能成為南方第一貴族的可能性。

雖然蘊藏和實際能否開發之前，存在著極大的隔閡。

如果按照父親的見解，最可惜的似乎是越過魔之森後的南部海岸。

儘管因為無法突破魔之森，所以就連開發都很困難，但由於其他貴族都無法出手，因此只要能夠獨占，就能期待獲得海產，或是建造港口擴展貿易和海運。

即便未開發地的西部和東部也有面海，但根據布雷希洛德藩侯領地內的船長們的報告，這些地方的地形都是險峻到連小船也無法靠岸的懸崖。

若這些報告屬實，就算抵達那裡也只能感受讓人想自殺的討厭氣氛。

話雖如此，只要有海就能自己製造鹽，這是件很棒的事。

實際上鲍麥斯特騎士領地明明有臨海，卻通常得向越過山脈來這裡的商隊買鹽。就算特地越過山脈的商人們還算有良心，價格還是會因為工錢而變得昂貴。

所以家裡的湯才會只有淡淡的鹹味。

我們鲍麥斯特騎士領地的實際情況，大致就是如此。

總之，我正為了擴展活動範圍而行動。

早上稍微進行已經成為日課的劍術訓練後，吃完早餐的我，帶著兩個充當午餐的小黑麵包走出家門。

順帶一提，現在我已經不必再去森林帶獵物或採集物回家了。

由於和人口成比例的農地和灌溉水道的建設已經告一段落，現在已經有多餘的人力能從事狩獵。

我們家也改成由父親和長兄科特輪流去森林狩獵與採集。

看來那兩人還不至於沒自尊到一直靠六歲小孩獵的珠雞當主菜的程度。

話雖如此，珠雞是連職業獵人都很難打到的獵物。

由於獵不到的日子比較多，我回程時都會在草原獵兩、三隻兔子回去當禮物。

雖然鲍麥斯特騎士領地南部有許多未開發的森林和草原，但也能說就只有這些東西。

因此回程時隨便都能找到地方狩獵。

「好了，今天一定要去到魔之森。」

我現在集中訓練的魔法，是「飛翔」與「瞬間移動」。

「飛翔」在之前的世界，是漫畫和遊戲裡常見的魔法。

這魔法就相當於某角色扮演遊戲的〇拉，或是在那遊戲的漫畫裡也有出現過的〇貝魯拉，再不然就是《〇龍珠》裡的舞〇術。

我很快就學會怎麼使用這兩種魔法。

雖然一開始沒想太多就提升了「飛翔」的速度，導致我留下差點窒息的苦澀回憶，但在我以一層空氣薄膜進行防禦後，就沒再發生這樣的情況。

因為速度和高速公路上的汽車差不多，所以這方面也沒什麼特別的問題。

而且只要是曾經去過的地點，之後都能透過「瞬間移動」瞬間抵達。

因此我曾經以為一下子就能抵達海邊，但實際上我連魔之森都還沒到。

這是因為沒人住的地區幾乎都沒有地圖，而鮑麥斯特騎士領地內未開發的領域又大到能與北海道匹敵，為了在領地內自由行動，我這三個星期都在製作未開發地的地圖。

經過三個星期的努力，我成功在幾乎所有的未開發地——因為魔之森大概有北海道的四分之一大，所以只有在剩下的四分之三——設置了近千個據點。

雖說是據點，但其實我並沒有設置什麼標識，只是在自己製作的詳細地圖上，標出「瞬間移動」時能安全著陸的地點，並加上號碼而已。

再來只要在腦中想像那個號碼和大致的位置，就能利用「瞬間移動」的魔法平安到達那個據點。

儘管位置多少會有點誤差，但只要之後再靠「飛翔」稍微調整就行了。

不過，我在這三個星期發現這塊未開發地真的是個寶山。

即便必須先進行治水工程，但這裡不僅有許多能開墾的土地，河川也多到不必擔心缺水。

零星散布的森林是各種產物的寶庫，甚至還有許多座能開採鐵、銅、金、銀、各種寶石、祕銀與奧利哈鋼的礦山。

只要有辦法開發，鮑麥斯特騎士領地別說是升為侯爵領地了，甚至可能自己建立起一個獨立的小王國。

不過，現在這些都還只是空談。

王國就連中央地區都還沒開發到一半，雖然派了一定人數的貴族去南部邊境，但他們自己的領地內也還有許多能開發的未開發地。

簡單來講，就是沒有足夠的人力或資金能進入這個鮑麥斯特騎士領地。

這塊土地，大概要等幾百年後才會開始開發吧。

於是，作為第二到達者的我便在這裡自由地狩獵野兔、抓魚烤來吃，或是將這裡當成新的魔法練習場。

特別是練習威力強大的上級攻擊魔法時，這塊無人造訪的未開發地可說是絕佳的地點。

再來就是土系統的特殊魔法的練習。

我在礦山隨便收集了一些含金的礦石和砂金，萃取純金的成分製作金塊。

被師傅稱作「萃取」和「重組」的，是想成為鍊金術師的人都要會的基礎魔法。

而在上級魔法中，還有一種替銀添加魔力以製造祕銀的魔法。

和使用的魔力相比，能產生的祕銀非常稀少，不過因為會用到大量的魔力，所以這種魔法很適合用來進行增加魔力量的練習。

另外，我之所以說自己是第二到達者，是因為布雷希洛德藩侯與他的軍隊，以及半數的鮑麥斯特諸侯軍，姑且仍算是第一個抵達這裡的人們。

不過，他們似乎真的只是走最短路線移動到魔之森而已。

雖然至少要是能找到一座礦山也好，不過仔細想想，要送人力到這種偏僻的未開發地也並非易事，所以他們大概是被魔之森產的素材蒙蔽了雙眼，才會無視這些東西。

「好陰暗的森林……感覺會有什麼東西跑出來……」

持續探索未開發地的我，今天總算成功目睹了魔之森。

明明是白天，但從外面就看得出來這是座恐怖的陰暗森林，總覺得似乎還能聽見詭異的鳥叫聲，或是從來沒聽過的魔物的吶喊與慘叫聲。

無論怎麼想，這都不是六歲兒童能獨自進入的場所。

「唉，雖然我本來就打算等成年後再進去。」

就算能使用攻擊魔法和強化身體能力，這對小孩子的負擔還是太重了。

即使有可能沒事，我也不想拿自己的性命去賭博。

這世界可不是鬧著玩的。

就算死掉也沒辦法接關。

我想等長大，而且劍或其他武藝修練到一定程度後再進入魔之森。

因此為了將來能靠「瞬間移動」抵達，必須先來這裡一次。

畢竟連師傅都曾因為不敵魔之森的魔物們而喪命。

無論再怎麼準備都不為過。

所以我持續像這樣探索魔之森周邊與其他未開發地、進行魔法的鍛鍊，以及努力尋找能前往海邊的路線。

＊　＊　＊

——只要飛過魔之森上空，就能輕易地抵達南方的海岸地帶。

不過利用在這裡獲得的大量鹽巴，開始精製味噌和醬油實在是個敗筆。

最後我花了整整一年在魔法的精製上面，直到現在。

暫且先把當時的事情放在一邊，雖然不太適合當七歲的生日禮物，但總之我獲得了大量的味噌和醬油。

這麼一來，內在原本是日本人的我……

「果然還是很想吃那個。」

儘管來到這個世界已經過了一年以上，果然還是會想吃。日本人不可或缺的主食——米是存在的。

我本來以為位於大陸南部的這裡應該有栽培，但至少我們領地內沒有。不過確信這世界應該也有米的我在調查過書本後，發現了其他南方地區能夠種植的記述。

在得知這項事實時，我不禁懷疑起自己新父親的智商。

這裡明明不缺水，為什麼不種產能比小麥好的稻米呢。

雖然做水田一開始會很辛苦，但只要有水田就不必擔心連作障礙。既然都是要辛苦開墾，那應該要開闢水田才對。

唉，不過這也只是平常沒什麼在幫忙家裡的放蕩兒子只出一張嘴的想法。

就算我提出建議，應該也不會被採納，既然南方有在栽培，那就只能自己設法入手了。

雖然只要去市場買就行了，但為了能「瞬間移動」到外部，得先在領地外設置據點才行。

換句話說，在那之前得先靠自己的力量移動到那裡。

「首要目標，就是布雷希洛德藩侯所在的南部最大商業都市布雷希柏格。」

儘管布雷希柏格也因為上一代藩侯的嚴重失敗而復興得很辛苦，但作為高貴的布雷希洛德藩侯的根據地，終究不會因為這點程度就動搖，同時也是南部邊境地區最大的商業都市。

在南部擁有領地的貴族們，一定都會讓自己青睞的商人在這裡設立商會的分店常駐，鄰近地區也有很多人會為了觀光或購物而登門造訪。

更重要的是，不只統括南部邊境地區的冒險者們，各種公會也都會將南方總部設在這裡。

「下一個目標，就是要能『瞬間移動』到布雷希柏格。」

至於該怎麼採購米，只要裝進魔法袋裡，要買多少都沒問題。

我手中有師傅的財產、布雷希洛德藩侯的軍用物資，以及軍隊潰敗前獲得的大量魔物素材。再加上這一年來的努力，魔法袋裡的東西已經裝滿了數千個甕。

「明天開始必須走山路。今天就早點回家休息吧。」

我詠唱「瞬間移動」的魔法，快速地趕回家。

＊　＊　＊

「太棒了！是久違的大都市！」

在能夠俯瞰布雷希洛德藩侯治理的南部最大商業都市布雷希柏格的山丘上，我為久違的大都市感動不已。

聽說那裡的人口約有二十萬。

雖然和前世的平成日本都市相比，根本就沒什麼大不了的，不過在人口只有數百人的荒村生活了一年以上後，這裡看起來就是個了不起的大都市。

更何況我花了一個星期才抵達這裡。

因為每隔幾個月都會有商隊跨越山脈帶商品去鮑麥斯特騎士領地，所以姑且還是有條山路存在。

不過據說即使走那條路，來回還是要花上一個月以上的時間。

雖然我曾想過「真虧他們願意來我們這種沒什麼特產品的地方做生意」，但這好像有一半是幾乎沒有利潤的公共事業。

身為南方最大的貴族，布雷希洛德藩侯同時也是這個南方地區所有貴族的領袖，為了附庸的鮑麥斯特家與其領民，即使虧損也會定期派遣商隊。

這些都是我從埃里希哥哥那裡聽來的，六年前那場魯莽的出兵，也對鮑麥斯特家在人力和金錢方面造成相當大的損害。

而且那次出兵，還是為了配合布雷希洛德藩侯的要求。

雖然一部分是為了眼前的利益，但身為附庸的父親，似乎本來就無法輕易拒絕宗主的要求，所以在那場出兵後，原本每年只會來兩次的商隊變成每年三次，這背後的意義與其說是愧疚，不如說是為了抑制批判。

這方面的事情，全都是埃里希哥哥告訴我的。

也因為這些因素，山上姑且還是有條山路存在。

我用魔法強化身體機能，邊探測周圍邊沿著這條山路前進。

這座山脈似乎也有不少魔物出沒。

儘管暫且被視為魔物的領域，但牠們不知為何很少出現在山路附近。

話雖如此，可能性仍然不是零，再加上經常有普通的熊和狼出沒，所以還是有必要警戒。

至於我不用「飛翔」魔法的理由。

主要是為了避免家人或領民們在望向山的方向時，目擊我使用「飛翔」飛行的身影。

另外一部分的理由，則是為了多運動以培養體力。

每天前進到極限後，就用「瞬間移動」回家，隔天再用「瞬間移動」回到前一天最後的地點繼續前進。

因為採用這種麻煩的方法，所以花了不少時間。

不過拜魔法所賜，還是成功只花商隊一半的時間就成功越過山。

「小弟弟，有什麼事嗎？」

「我幫家人來城裡買東西。」

感動完後，我移動到布雷希柏格的入口。

由於附近有座名叫布雷希柏格大森林，是常有冒險者出沒的魔物領域，因此布雷希柏格被高三公尺的城牆包圍。

話雖如此，魔物至今從來不曾離開自己的領域侵略外部，因此這大概是用來防範人類的吧。

即使是長年未發生戰爭的赫爾穆特王國，也不是完全沒有爭執。

每隔幾年，就一定會有貴族們為了領地或水的特權等原因，發生小規模的糾紛。

尤其是領地彼此相鄰的貴族，特別容易發生這種事。

實際上這附近也有幾個和布雷希洛德藩侯交惡的貴族家。

順帶一提，從來沒有貴族會和鮑麥斯特家爭奪特權。

畢竟那裡的土地完全被山脈隔離。

「小弟弟，你有身分證嗎？」

「沒有。我打算去商業公會辦會員證。」

「這樣啊。那你有辦法付一枚銅幣的入城稅嗎？」

「沒問題。」

其實我有身分證，但要是被發現鮑麥斯特家七歲的八男出現在布雷希柏格，問題可就大了。

因此我假裝成附近農村的小孩入城。

只要是城市的居民，幾乎都有身分證，但農村因為沒有能夠發行的場所，所以有證件的人不多。

如果想要證件，就必須特地跑一趟布雷希柏格。

那麼，想要進城買東西的鄉下人該怎麼辦呢？

答案就是加入公會。

其實最適合我的是冒險者公會，但那裡規定最少要十五歲才能入會。在這個沒有戶籍的世界，要稍微謊報年齡並不難，不過現在的我就算自稱十五歲，應該也沒人會相信。

這麼一來，剩下的就只有工匠公會和商業公會了。

在工匠和商人的世界，有很多在我這年齡就開始當學徒的孩子。

當中有許多人會在師傅或工頭的命令下前往布雷希柏格辦事，所以比較容易製作身分證。

「原來如此。是要賣那些兔子嗎？」

看門的士兵確認我腰上綁了幾張兔子的毛皮。

這是在山路上抓到的東西。

「是的，我聽說如果想賣什麼東西，就需要商業公會的會員證。」

正確來說，是需要身分證。

城市的居民一開始就擁有身分證，如果有隸屬的公會，就能用會員證代替。在買賣商品時，為了防範犯罪，當事人有義務出示這類證件。

雖然聽起來意外地嚴格，但實際上在後街也有不需身分證就能買賣的店家，而且還有未加入公會的人，其實也能製作會員證這樣的漏洞存在。

拜此之賜，我也能輕易製作會員證。

我付給守衛一枚銅幣的入城稅後，便踏入布雷希柏格。

這個入城稅是在進入城市時一定要付的費用。

因為只要一枚銅幣，所以其實不是什麼大不了的金額。

順帶一提，關於這個世界的通貨制度，整個琳蓋亞大陸都是使用統一的標準。

雖然赫爾穆特王國和阿卡特神聖帝國的貨幣設計不同，不過金、銀、銅的分量都有透過條約統一，所以無論使用哪種都沒問題。

再來就是貨幣的種類與價值，這裡的錢是以分為單位。

不過鮑麥斯特騎士領地平常就只有每隔幾個月和商隊交易時，才有機會接觸貨幣經濟，平常都是透過以物易物的方式處理，因此很少聽見這方面的詞彙。

銅幣一枚是一分。

銅幣十枚等於銅板一枚，十分。

銅板十枚等於銀幣一枚，一百分。

銀幣十枚等於銀板一枚，一千分。

銀板十枚等於金幣一枚，一萬分。

金幣十枚等於金板一枚，十萬分。

金板十枚等於白金幣一枚，百萬分。

白金幣十枚等於白金板一枚，一千萬分。

銅幣一枚可以買一顆蘋果，金額和頻繁支付的入城稅一樣多，因此一分換算成日圓大約是一百圓。

「歡迎來到商業公會。你是要我們發會員證吧。請在這份文件上填寫必要資料。」

我在寫著會員證發行窗口的櫃檯向一位年輕姊姊搭話後，她就按照通常程序以禮貌的語氣，請我填寫文件。

話雖如此，這文件上也只需要寫姓名、出生地和年齡而已。

我正常地寫上年齡，在地址的欄位隨便填寫一個附近的窮村，姓名只寫威德林，裝作是沒有姓氏的普通小孩。

雖然幾乎都是假資料，但這點程度的造假似乎不會構成問題。

甚至還有人會若無其事地連名字都造假。

「第一次發行會員證是免費。不過補發時必須支付一枚銀幣的手續費，請小心不要弄丟。另外去市集販賣商品時，請先讓常駐的負責人指定位置，若商品有賣出，則必須繳交一成的營業額。如果違反規定，將會有嚴厲的懲罰，還請留意。」

和從頭到尾都只按照規定處理的櫃檯小姐道別後，我開始前往舉辦市集的場所。

跟櫃檯小姐說明的一樣，我一走進某條和主要幹道連結的小巷子後，就發現多達數百人的男女老少在道路旁邊擺地攤賣各式各樣的東西。

當中也有和我年紀差不多的小孩，難怪我在商業公會辦會員證時，櫃檯小姐看起來一點都不驚訝。

「小弟弟，你是來幫爸爸的忙嗎？」

一位主持市集的公會職員溫柔地向我搭話，這位中年男子似乎把我當成來幫父母賣獵物的孝子。

「這是我自己設陷阱抓到的。」

由於沒必要特地公開自己會魔法的事實，我假裝這些兔子是在我居住的村子附近設陷阱抓到的。

仔細一看，周圍也有其他小孩同樣在賣用陷阱抓到的兔子。

「喔，小小年紀，技術就這麼好啊。你可以去那邊的空地賣。兔子的毛皮和肉總是供不應求，應該馬上就能賣掉。現在的行情，肉和毛皮應該是一隻五枚銅板左右吧？」

換算成日圓，大約是五千圓。

的確，在前往指定場所的路上，我觀察了其他賣兔子的毛皮和肉的人，大家的價格都設在五枚銅板正負五枚銅幣的區段。

換句話說，就是四千五百圓到五千五百圓。

不想為了多賺那一點價差耗費時間的我，正常地把價格定為五枚銅板，將四隻兔子排在自備的墊子上。接著馬上就有位男子向我搭話。

那是位外表明顯是商人，看起來四十歲上下的男子。

「你是在幫爸爸的忙嗎？」

「不，這是我自己設陷阱抓到的。」

「喔，這麼年輕，技術就這麼好啊。不但肉質新鮮，毛皮也處理得很好。」

儘管無論是在放血、解體還是鞣皮方面，都比不上專家的最高級品，但既然是用魔法處理，自然有相當的水準。

甚至可以說一開始為了學會這項魔法所費的工夫，以及克服解體動物的排斥感才是真正的難題。

畢竟前世的我只在超市買過包裝好的肉，所以這也可以說是理所當然。

其中放血和去除內臟的過程又特別麻煩。

這些都不是前現代人能夠輕易習慣的事情。

「我全買下來好了。希望你以後能再來這裡賣。」

「謝謝惠顧。」

兔子全部賣了兩枚銀幣，我將一成的營業額，兩枚銅板繳納給公會職員。

「你接下來要做什麼？」

「爸爸託我買米回去。」

「現在的行情，大概是十公斤五枚銅板左右吧？不過加上產地和品種，落差就會很大。」

我向公會職員道謝，在附近的米店花五枚銅板買了十公斤的米後，就立刻瞬間移動回家。

當然，這都是為了早點煮買來的米。

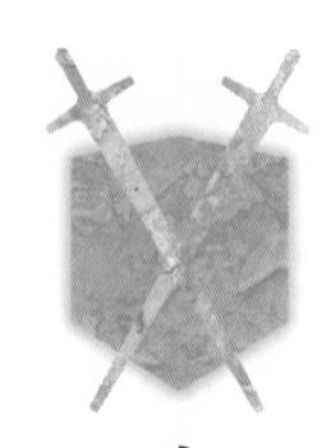

中場一　想要使魔

「對了！只要養寵物就行了！」

雖然白天變得能夠自由行動，但其實我能做的事情並不像周圍的人所想的那麼多。首先，因為可能構成繼承紛爭的原因，我被禁止幫忙工作。

其實並沒有人直接對我這麼說過，只是埃里希哥哥會在定期寫回來的信裡這樣提醒我──『因為可能造成繼承糾紛，所以平常還是裝作在外面玩比較好』。

於是，我大部分的時間都是自己一個人度過。

在我的前世，有很多人為了排解獨居的寂寞飼養寵物。

既然現世的我是魔法師，那就算有兼當寵物的使魔，應該也沒什麼好奇怪的。

抱著這樣的想法，我試著調查師傅留下的魔法書籍。

這麼說來，我記得師傅也沒有使魔，不過理由意外地簡單。

『所謂的使魔，是一種能充當魔法師的耳目，偶爾還要負責幫主人補充魔力的存在。因此如果本人和動物的親和性不高，就無法訂立契約。』

簡單來講，除非是像○塗魚先生那樣的人，否則似乎會很困難。

「雖然師傅是這麼說的，但我還沒試過……」

我並不認為自己能對狼說「好乖好乖」，不過凡事都必須勇於嘗試，或許會有一隻動物喜歡我，願意當我的使魔也不一定。

抱持著這樣的想法，我從魔法袋裡拿出兔子的肉，尋找最近的狼群，試著用肉引誘牠們。

「來來來——！這裡有好吃的肉喔！」

「嗚——」

「來，不怕！不怕！」

感覺在我以前看過的動畫中，似乎也曾經出現過這樣的場景和臺詞，不過反正就算缺乏新意也無所謂，因此我繼續試著引誘牠們。然後，狼群很快就有反應。

「嗷嗚嗷嗚！」

「吼——！」

「根本就沒用！」

別說是馴服了，狼群就像想吃掉我般全速衝了過來。

坦白講，我有點被嚇到。

「混帳！根本就不行嘛！」

在知道不同物種間溝通起來有多困難後，我開始覺得或許孤獨一陣子也不錯，陷入半放棄的狀態。

「倒不如說，連人類之間都會互相爭鬥了，更何況是和其他動物！」

最後襲擊我的狼全都被我打倒，變成了毛皮。

狼的肉因為有腥味所以不能吃，但毛皮倒是能賣到不錯的價錢。

「明明只要成為我的使魔，我就會餵你們吃肉了。真是可悲的畜生……」

將幾十張狼皮收進魔法袋後，我開始尋找下一個候補。

然而無論哪種動物，只要我一引誘牠們，牠們就會凶狠地撲過來。唉，雖然要是接受這是常態就只能放棄，不過難怪鮑麥斯特領地的領民會很少來未開發地。

明明不是魔物，為什麼狼、豬和大型鹿都這麼好戰呢。

「只有肉和毛皮的庫存不斷增加。」

最後沒有任何動物願意當我的使魔。

牠們全都被我打倒，今天的成果就只有增加了肉和毛皮的庫存。

「唉，算了。孤獨正好！還是繼續鍛鍊魔法吧。」

畢竟就算再想下去也沒用。

轉換完想法的我，今天也一面用「飛翔」飛行，一面用「探測」的魔法看能不能找到什麼。

「那是……」

眼前的岩山發出微弱的光芒。

我立刻採下一部分的岩石施加「鑑定」的魔法，然後得到了銅礦石的結果。

雖然我沒有辨別礦石或寶石原石的能力，但只要有「探測」和「鑑定」的魔法，就能輕易辨別出來。再來就要看精製技術能提升到什麼程度了。

像這種能埋頭使用的魔法，有助於提升魔力量和魔法的精密度。

當然，也會感覺時間過得非常快。

「再怎麼說，晚上還是得回去睡。今天就先到此為止吧。」

發出微弱光芒的山，是以產銅為主的山。

我將正式的探索留到明天，決定今天先回家。

其實我是很想外宿，只是因為未成年人這麼做會產生許多問題，才不得不放棄。

「銅和銀，也能採到一些黃金啊……」

隔天，我邊吃飯糰邊繼續調查昨天發現的礦山。

雖然家裡姑且有準備早餐，但我果然還是想吃米飯，所以沒在家裡吃太飽。

只要用從布雷希柏格買來的大鍋煮飯，做成飯糰放進魔法袋裡，就能隨時吃到新鮮的飯糰。

我在未開發地用土魔法做了個臨時爐灶，用自己的火魔法一口氣把飯煮好。

我曾經在電視廣告上看過，這就是所謂的強火炊飯。雖然一開始因為火力太強，而把米煮焦好幾次，但現在我已經能煮出連鍋巴都很好吃的飯了。

配料是用味噌和醬油，煮在未開發地獵到的肉類和從海裡撈到的海帶與魚，最近我連美乃滋都會自己做。材料是用在布雷希柏格買的蛋和醋，再用風魔法攪拌而成。這也只要先做好一大碗再放進魔法袋，就不用經常製作。

不愧是魔法。真的是非常方便。不過就算泛用，要量產或普及還是有點問題。反正我也沒義務幫忙普及，就算有人抱怨我也沒辦法。

「我又不是要量產來賣。這樣就很夠了。」

由於只要準備自己需要的分量，我盡可能用魔法做出各種嘗試。

這也能用來鍛鍊魔法，可說是一石二鳥，至於做生意的事情，還是等離家後再考慮吧。

就算我是貴族，到底有哪個商人會想和七歲的小鬼做生意呢？

如果不先長大成人離開家，我根本無法在社會上做任何事情。

會在未開發地搞這麼多有的沒的，也可以說是一種消解壓力的方式。

「嗯？那個動物是？」

就在我試著鑄造銅塊，確認成果的時候，我在不遠處發現了一隻熊。而且體型還非常龐大。

單就尺寸來說，我前世在熊牧場看見的亞洲黑熊根本無法相比，那隻熊看見我後既沒有生氣也沒有撲過來，只是好奇地觀察我。

「難不成這就是……」

或許這就是所謂的波長相符也不一定。

雖然將熊當成使魔的例子不多，但也不是完全沒有過，既然如此，這隻熊很可能願意成為我的使魔。

（行得通！行得通啊！）

儘管內心喜悅萬分，我表面上仍裝作冷靜地從魔法袋裡拿出兔肉給熊看。

那隻熊嗅了一下後，便逐漸朝這裡靠近。

（熊的使魔啊。不曉得移動起來會不會有問題？算了，這部分等之後再想吧。）

考慮到這個大小，我甚至開始夢想能騎在牠的背上。

然而，就像是要粉碎我的夢想般，惡夢發生了。

那隻熊在靠近我後，突然凶猛地想要襲擊我。

坦白講，狀況非常不妙。甚至到讓我覺得就算被說沒有才能，每天早上練劍時還是應該順便練點武術的程度。

「混帳！居然玩弄我的純情！」

結果那隻熊被我用魔法箭一擊命中頭頂斃命，只留下漂亮的毛皮、肉和似乎能當成藥劑的膽。

同時，我也再次確認要和不同物種溝通有多困難，以及必須再孤獨一陣子的事實。

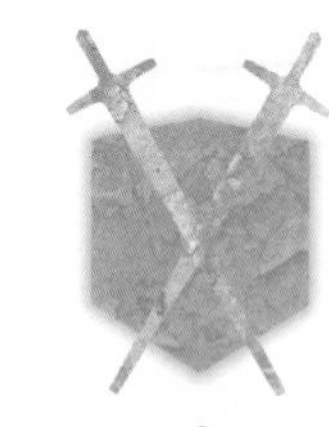

中場二　擁有魔法才能的么子

「那個，婆婆。」

「什麼事，亞美莉？」

「是關於威爾小叔的事情……」

我的名字叫亞美莉・馮・班諾・鮑麥斯特，而不久前名字還是亞美莉・馮・邁巴赫。

簡單來講，就是我從娘家邁巴赫家，嫁到了鮑麥斯特家。

雖然領地不大，但邁巴赫家仍屬於貴族的家系。

因此婚姻當然也是由父母決定的政治聯姻，這點我的夫家鮑麥斯特家也一樣。

不過因為我的丈夫科特先生是男性，所以我不太清楚他內心的想法。

身為女性的我，雖然認為政治聯姻也是無可奈何，但還是會對放在家裡的故事書裡提到的戀愛結婚有所憧憬。

單純憧憬並沒有罪，我對這場婚姻本身也沒有怨言。

雖說是偏遠地區的騎士爵家，但同樣出身騎士爵家的次女能嫁給有繼承人身分的長子並不是件壞事，在正常狀況下，我是沒辦法嫁給這種人的。

通常不是嫁給宗主的大貴族所重用的陪臣繼承人，就是在同級貴族家中家臣化的次男以下的兒子，一個弄不好，就算淪為大貴族的妾或繼室，或是半賣身地下嫁給某個大商人也不稀奇。既然如此，光是能嫁給繼承人，我就該感到幸福。

不過在看見成為自己婆婆的人搓繩子時，我還是稍微驚訝了一下。

即使如此，對領地狹小的鄉下貴族家來說，家中的男性成員們忙著開墾和狩獵並不是什麼稀奇的光景。

「那孩子是……」

可是在那些人當中，有個平常不曉得都在做什麼的孩子。

就是鮑麥斯特家的么子，名叫威德林的少年。

他是婆婆本人在超過四十歲後產下的孩子，這是非常稀奇的例子。

畢竟後面的孩子，通常都是由年輕的妾所生。

實際上鮑麥斯特家也有納妾。因為老家的父親也有，所以這並不是什麼稀奇的事情。

只不過那位妾似乎是地方名主的女兒，而我也只在婚禮上見過她一次面。她的兩位兒子和兩位女兒也一樣，以後應該也沒什麼機會見到面。畢竟身分不同。

那四個小孩都沒有繼承權，將來不是繼承那個名主家，就是嫁到其他村落的名主家吧。

就算身上的血有一半相同，身分依然不同，這也是無可奈何的事情。

「雖然是辛苦懷胎生下的孩子，但也只能放任不管了。」

婆婆語氣沉重地談起這位沒想到會生下的八男。

那孩子從生下來以後就不太需要大人照顧，再加上那段時期為了填補村子因遠征魔之森所受到的損害，大家每天都忙著開墾，因此自然經常對他置之不理。

然而，據說威德林不只沒有抱怨，還經常獨自窩在書房裡看書。

等注意到的時候，還是孩子的他已經變得比大人們還會讀寫了。

「他是個和前陣子獨立的埃里希很像的孩子。」

雖然我只跟那個人說過幾句話，但印象中是個頭腦非常好的人。

或許還比我的丈夫更適合當領主也不一定。

拜此之賜，感覺丈夫和他之間似乎有些距離感，但埃里希先生本人之後很乾脆地就離家了。

他前往王都，並在那裡通過了下級官員的考試。

以他的實力，應該是輕鬆合格吧。

「不只是念書方面的事情。」

根據婆婆的描述，我們談論的威爾在六歲時，就已經能和大他十歲的埃里希先生對等地談話，而且無論讀寫或計算都已經難不倒他。

「再加上他還會使用魔法。」

不過大家似乎都刻意不過問他能使用到什麼程度。

即使如此，公公和丈夫都認為就算他成人後離家獨立，生活也不會有問題。

「為什麼要放著那樣的人才不管呢？」

我就是對這點感到不可思議。

難得那孩子這麼有才能，要是讓他幫忙一起開發領地，不曉得能提升多少作業效率。

這明明是讓鮑麥斯特家大躍進的機會。

「正常來想是這樣沒錯。」

然而，事情似乎並沒有這麼單純。

「鮑麥斯特騎士領地，是個既偏僻又狹小的地方。」

儘管不至於無法餬口，但仍是塊需要大家同心協力才能生活下去的領地。

實際上，幾乎所有領民都參加了我的婚禮。

明明平常都過著質樸的飲食生活，就只有那天準備了大量料理和酒招待客人。

老家那裡也是如此，雖然講好聽點是婚喪喜慶，但對平常沒什麼娛樂的領民們來說，婚禮就是一場祭典。

「雖然我們準備了很多肉，不過那些也是威爾的成果。」

儘管對外宣稱那是弓箭高手埃里希先生的功勞，但實際上大概是會使用魔法的威爾奮鬥的結果吧。

「我愈來愈覺得該請他幫忙比較好……」

「如果這麼做，可能會引發繼承糾紛。」

在封閉的鄉下小領地內，領民和領主間的距離非常接近，要是公開自己有個會使用魔法的兒子，恐怕就會有領民請求公公變更下任繼承人。

就算一般的領民可能會有所顧慮，但名主階級往往會直接向領主反映。

畢竟他們都是領地的有力人士。

「要是變成那樣，很難想像會發生什麼樣的混亂。」

雖然要是所有人都贊成就沒問題，但那根本不可能。

若科特派和威德林派產生爭執，領民們或許會因為內亂而出現犧牲者。

此外，這個領地就算發生內亂，也無法期待來自外部的援軍。

因為必須先越過一座山，才能抵達鄰居那裡。

「而且要是變成那樣，妳下任當家夫人的位子就不保了。」

這麼說也對。

好不容易成為下任當家的正妻，怎麼可以自己捨棄這個身分呢？

「被您這麼一說……」

雖然醜陋，但這世界並沒有那麼天真。

與其讓威爾成為當家，讓鮑麥斯特家變得更繁榮，不如讓丈夫成為當家，繼續維持現在的生活。

我絕對必須選擇這一邊。

這並非我一個人的問題，還關係到孩子們的將來。

「幸好威爾對這塊領地沒有興趣。」

這也是理所當然。

因為他會使用魔法，無論是成為冒險者，還是讓其他貴族僱用都行。

應該說那樣做的收入一定會比較高。

「所以說，就算放威爾自由也沒關係。倒不如說，這樣對雙方來說都比較幸福。」

即使感覺有點冷漠，但這就是婆婆愛兒子們的方式吧。

要是不小心讓他對領地產生欲望，自己辛苦生下的兒子們就會互相爭鬥。

實際上這種事情經常發生，而且再也沒有什麼比這更可怕的惡夢了。

「我知道了。不過，這世界還真是不能盡如人意呢。」

「沒錯，確實是不能盡如人意。」

在一起嘆完氣後，我覺得我和婆婆的感情似乎稍微變好了。

畢竟是要待一輩子的家。

還是盡可能和公婆好好相處比較好。

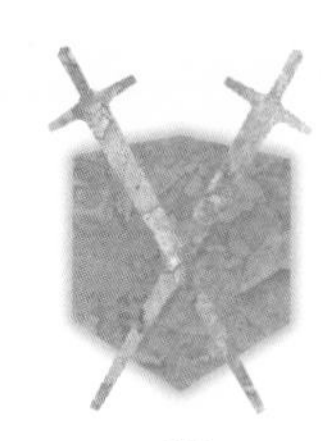

第六話　在布雷希柏格的日子與極小的繼承騷動

「喲，小弟弟，今天也來賣獵物嗎？」

「是的。」

「好好努力賺錢啊。」

自從我開始出入布雷希洛德藩侯領地內的商業都市布雷希柏格後，已經過了四年的歲月。

雖然我總算長大到十一歲，但這四年內的生活並沒有什麼特別大的變化。

我在家裡因為會魔法，而成了個有點難應付的孩子，每天早上起床做完劍術訓練吃完早餐後，就馬上進入森林深處利用瞬間移動的魔法出門。

目的地通常是南部的未開發地，或是魔之森對面的海岸地帶，我甚至還曾經稍微跨海南下到無人島。

我在那些地方特訓魔法，嘗試對從礦山採到的礦石和材料進行各種鍊金，進行狩獵、採集或釣魚，再試著將收穫製成各種食品和料理。

拜此之賜，我的魔法袋裡裝了大量的糧食、食材、素材、金屬和鍊金成功的物品。

不過這裡面也有像十萬個裝了十公斤鹽的甕之類的，讓人不曉得能拿來做什麼的東西。

其他還有以在南方無人島自然生長的甘蔗為原料，用魔法精製出來的砂糖。

由於品質愈做愈好，因此我也沒考慮所需的分量，只是不斷埋頭製造。

除此之外，鐵、銅、金、銀、白金的鑄塊也已經累積到非常恐怖的量。

因為這裡還要幾百年後才會進行開發，所以我本來是打算先借一點來用就好，可是現在已經有好幾座礦山的金屬被我掏空成了廢礦。

不過這些礦山原本就只有我才知道，因此其他人甚至不會發現這些山是後來才變成廢礦吧。

而且，我並沒有鍊金術師或製作魔法道具師傅的才能。

只能將金屬做成樸素的鑄塊裝進魔法袋裡。

純度方面，因為是透過魔法精製，所以全都是最高級品。

大概像這樣在未開發地過了三天後，就換前往布雷希柏格。

我會帶著獵到的兔子、鼬鼠、獾、貂或珠雞，假裝成是想用自己的獵物貼補家計的孝子前去參加市集，再用賣獵物賺到的錢，購買米、大豆以及其他生活用品。

特別是米，可以說是必備物品。

身為前日本人，只要知道這東西存在，那每天無論如何都會想吃上一次。

這個世界的米也有很多種類。

例如紅米和紫米，這些被稱為古代米的品種，或是前世主要產地在東南亞的長粒型、中長粒型跟中粒型，以及主要產地在日本的短粒型。

這些似乎全都是從古代魔法文明時代開始，就持續進行品種改良的成果。

然而，最近的品種改良都沒什麼進展。

雖然古代魔法文明時代，有人能對植物使用名叫「促進成長」的魔法來有效進行品種改良，但現在已經幾乎沒有那種人，魔法的效果也大不如前。

我也不會使用，就算是會使用的人，效果也只限視野範圍內，就算從早到晚放出微弱的魔力，也頂多只能讓收成時間減半。

原來如此，如果沒有像前世的農業試驗場那樣的地方，就沒那麼容易進行品種改良。

回到原本的話題，米的價格最貴的是短粒型，我主要也是買這種。

此外我偶爾也會試著買古代米，或是為了做炒飯和燉飯買長粒型。

然後，我也有買過這世界的糯米。

我將糯米蒸過之後搗軟，加工成麻糬。

買來當味噌材料的大豆也能做成黃豆粉，外加這裡也有紅豆，因此只要煮過就能做出豆沙。

因為我也有砂糖，所以會定期製作安倍川餅、紅豆湯或是牡丹餅。

這讓我慶幸自己前世有煮飯的習慣。

雖然沒辦法每天煮，但我常在假日基於興趣做些費工的料理。

至於日式點心，則是要感謝以前教我怎麼做味噌的祖母。

話說回來，不曉得祖母過得好不好。

這是我唯一在意的事情。

再來就是以前曾在二流公司負責採購國內外食品的經驗，也有派上用場。

例如我之前成功重現的咖哩，如果不對辛香料的種類和比例有一定程度的了解，恐怕就要花上不少時間才能調製出來。

不過就算非常費時，對我這個孤獨的人來說或許也沒什麼問題。

除此之外，我還會上街吃飯或買甜點。

這座城市也有圖書館。只要支付一枚銅板的入館費，就能待上一整天，因此只要時間允許，我也會閱讀各種書籍。

家裡書房內的書，我都已經讀完了，而且這裡收藏了更多珍貴、有用的書籍。

雖然我和別人還是一樣沒什麼交流，但反正也不能表明真實身分，所以就算孤獨一人也無可奈何。

我一個人也有事情做，埃里希哥哥每隔幾個月就會寄信來，我也每次都會回信。

在那之後，埃里希哥哥通過了王都舉行的下級官員考試，並且備受現任直屬上司的青睞。

證據就是那位上司將女兒介紹給他認識，兩人也正以結婚為前提交往。

不愧是聰明又英俊的埃里希哥哥。果然順利地走上了現充（註：泛指現實生活過得非常充實的人）的道路。

和整天與魔法為伍，孤獨的弟弟大不相同。

此外，那位上司的女兒還是下級名譽貴族的獨生女。既然結婚對象是獨生女，那他自然將繼承那位上司的家。這已經夠稱得上是人生勝利組了。

畢竟在這個世界，就算出生在貴族家，大部分的小孩最後還是會失去貴族的身分。

然後，剩下的兩位哥哥似乎也順利當上了王都的警備隊隊員。

雖然他們還沒結婚，但應該也和埃里希哥哥一樣，希望能入贅到只有獨生女的騎士爵家吧。

我之所以知道這些事，是因為書上有提到很多貴族家次男以下的男子在離開家後選擇擔任王家的下級官員或士兵的理由，就是為了尋找機會入贅並繼承爵位。

貴族家排行第二以後的小孩雖然也算是貴族，但不只必須自己養活自己，如果未能繼承爵位，他們的小孩也將失去貴族的身分。

有些貴族即使沒官職也有領地，就算沒有領地，只要有能繼承的爵位就能領年金，相較之下，這些全都沒有的他們就辛苦了。

這方面的狀況，和我前世的古代武士與貴族差不多。

不過我一開始就對貴族沒有留戀，將來也打算以冒險者的身分活下去，所以這些對我來說都無關緊要。

「再一年。只要再過一年。」

我就十二歲了。

雖然還未成年，但其實我已經找到能提早自立的道路。

那就是就讀由這座城市的冒險者公會經營的冒險者預備校。

冒險者預備校，是以十二歲到二十歲的生手為招生對象的專門學校，學生們最短也要花上一年的時間，在這裡學會身為冒險者必要的技術。

二十歲以上的人，則大多是參加冒險者公會主辦的研習。

訓練基本上不會在魔物棲息的領域進行。

不過，僅限於在學一年以上的成績優秀者，能夠每隔幾個月在職業冒險者的陪同下，去相對沒那麼危險的魔物棲息領域實習。

「真好，我一定要參加這個。」

而且只要在入學考試被認定為成績優秀，這間預備校似乎還會免除所有的學費。

雖然學費對我來說不成問題，但因為我不想讓家人知道魔法袋的內容，所以打算用「我會努力免除學費，就算不行也會自己靠打獵賺取學費和生活費」來說服他們。

反正家人們也不希望我在領民面前拋頭露面，只要我能自己解決學費和生活費，他們應該是不會反對。

實際上，我回家告訴父親這些事時，他也沒反對。

雖然條件是學費和生活費必須自己想辦法，但這對我來說並不困難，我甚至等不及希望明年快點到來。

在進入預備校前，並沒有什麼非做不可的事情。

我打算像以前那樣，繼續訓練武藝和魔法。

於是順利定下未來方針的我，一如往常地進入森林準備瞬間移動。

不過，我今天第一次被迫停止這麼做。

為了避免被人看見我使用「瞬間移動」的魔法，我每次都會先施展「探測」警戒，而「探測」今天第一次出現了反應。

「西南方向，有六個人的氣息？」

這是我至今從未感應過的數量，而且還是人類。

更不用說這裡是鮑麥斯特家獨占的森林，照理說應該不會有其他人進來。

而且能讓其他村民狩獵和採集的森林可說是多不勝數。

我們這裡的未開發地就是這麼多。

只要有繳稅，鮑麥斯特家就會許可領民自由進入這座森林以外的其他森林。因此這件事從來沒引發過領民的不滿。

（那麼，這是為什麼？）

我已經在他們的視線範圍內。

既然距離已經縮短到這種程度，我也沒辦法用魔法逃跑，只好無奈地先牽制對手。

因為我討厭他們這種偷偷摸摸找人的態度。

「是誰！」

我朝感覺到人類反應的方向一吼，便有六道人影從樹後面現身。

仔細一看，全都是我認識的人。

首先是附近村落的名主克勞斯，以及他的女兒亦即父親妾室的蕾拉。再加上和我同父異母的哥哥和姊姊們，十九歲的六男華特、十八歲的七男卡爾、十六歲的長女艾格妮絲，以及十五歲的次女科蘿娜，合計就是六人。

我姑且都有和他們見過面。

不過實際上我們第一次對話，是在長男科特和次男赫爾曼的婚禮，以及之後的派對上面。

雖然是同父異母的兄弟姊妹，但我們的母親終究是貴族出身，而他們即使是名主家的人，仍然算是平民的小孩，這會大幅影響在這個世界的待遇。

除非正妻沒有生下孩子，否則男子根本沒有機會當上繼承人，女子也無法成為政治聯姻的道具。

大部分的庶子，不是靠當養子或入贅進入家臣世家，就是繼承領地內的名主或村長家。

在這樣的背景下，除了父親這個例外，長男科特和次男赫爾曼甚至完全不會和他們說話。

這很明顯是在顧慮我和哥哥們的母親，正妻喬安娜。

實際上母親也一樣不會和蕾拉他們說話，但與其說是因為討厭他們，不如說是基於身分差距才會擺出這樣的態度。

另一方面，我是連和真正的家人都很少說話。

更何況是這些只見過大概兩次面的人，考慮到平常的住處，我們之間幾乎沒有接點。

然而，他們這次明顯是有事找我，才會像這樣出現在我面前。

「請原諒我們突然來訪。威德林大人。」

身為名主的克勞斯代表六人向我打招呼。

年近六十歲的他，在這個世界已經算是老人，不過他的外表看起來比實際年齡還要年輕十歲以上。

他出生在代代管理附近村落的名主家，從他祖父和父親開始累積下來的實績，也讓農民們認為他是個值得信賴的男人。

雖然這一點就鄉下領主來說不怎麼稀奇，但和明明身為貴族卻看不懂漢字、甚至連稅金都不太會計算的鮑麥斯特家的人不同，從向領民們徵稅，到記帳和會計等財政事務，全都是委託能正常讀寫和計算的克勞斯處理。

即使現在已經退休，但他年輕時還曾經以鮑麥斯特家侍衛的身分，在布雷希洛德藩侯的要求下帶領援軍，參加布雷希洛德藩侯與現在仍水火不容、統括王國東部的布洛瓦藩侯之間的紛爭。

原來如此，難怪他的外表現在看起來也不好應付。

而且即使我是只有十一歲的八男，他對身為領主與正妻之子的我說話的方式仍是無懈可擊。如果是愚蠢或沒教養的人，在對上空有血統但沒有任何力量的我時，應該會使用更粗魯的語氣。

雖然我不怎麼在意，但在這個世界，貴族與平民間的身分差距極大。

只要我還具備貴族身分，那克勞斯選擇用這種語氣就是正確的。

實際上待在他後面的蕾拉和其他哥哥姊姊，也都保持沉默沒有參與對話。

從其他四人明明是我的兄姊，卻無法隨便向我搭話來看，就能證明這個世界的身分差距有多大。

特別是靠近王都的中央地區，還曾經出現過平民因為對貴族語氣不敬，而被斬殺的案例。

這並不是因為那位貴族傲慢。

只要這種身分制度仍為赫爾穆特王國和相鄰的阿卡特神聖帝國帶來安定，就必須在正式場合制裁破壞這種秩序的人。

不過實際上真的因此招來殺身之禍的平民不多，大部分都只停留在鞭打的程度。

「我是不介意啦，找我有什麼事嗎？我接下來還要去打獵。」

「請原諒我們突然出現在這裡。其實，我們是有事情想來拜託威德林大人。」

「拜託我？」

「單刀直入地說。威德林大人，我們想請您繼承鮑麥斯特家。」

「啊？」

這突然的請求，讓我當場目瞪口呆。

「現在不安和不信任感，正靜靜地在鮑麥斯特騎士領地的領民們之間擴大。」

名主克勞斯一開口，就是這麼一個不得了的爆炸性發言。

「我從來沒聽說過這件事。」

站在我的立場，我也只能這樣回答。

關於鮑麥斯特家的現況，父親仍然健在，並且已經對內外公布要讓長男科特當繼承人。而科特哥哥不僅順利在四年前結婚，甚至還生了孩子。

更何況，那還是個男孩子。

正常來想，無論由誰來看，鮑麥斯特騎士領地都會先後由科特和他的孩子繼承。

「不過，威德林大人。」

「你的請求太沒道理，沒什麼好談的。」

沒錯，就算突然跟我講這個，也只會讓我覺得困擾。

即使唆使才十一歲的沒用八男，讓他有這個意思，之後又能怎麼樣呢？

「現在的當家是父親，而且他也已經公布要讓長兄科特當繼承人。此外，在我上面還有三個繼承順位較高的哥哥。除了荒唐無稽以外，我想不出還有什麼詞能拿來形容你的提議。」

關於鮑麥斯特騎士領地目前的繼承順位，第一是長兄科特，第二是科特的長男卡爾，第三是三男保羅，第四是四男赫爾穆特，第五是五男埃里希，直到第六才輪到我。

此外，成為擔任家臣的分家家長的次男赫爾曼，已經放棄了繼承權，目前於王都擔任下級官員的埃里希哥哥，也再過不久就要入贅上司的老家，近期內應該就會放棄繼承權。

即使我的繼承權因此提升到第五順位，讓我當下任當家還是太不自然了。更何況克勞斯嘴巴上

說希望我繼承鮑麥斯特家，卻不敢對身為最大難關的父親表示意見。

搞不好是有人拜託克勞斯，想把我設計成企圖掀起繼承騷動的主犯也不一定。

我腦中甚至浮現出這樣的陰謀論。

「我還以為克勞斯是個更明智的人。」

「喂！你這傢伙！」

「退下！華特」

「可是，爺爺！」

「你雖然是威德林大人的哥哥，但身分不同！給我節制一點！」

六男華特被我的發言激怒，但馬上就被克勞斯制止。

儘管在前世難以想像，不過正妻和妾的小孩之間的身分差距果然非常麻煩。

畢竟華特明明比我大八歲，卻絕對不能在我面前擺出哥哥的樣子。

「我知道自己的話聽起來很荒唐無稽。可是，如果不趁現在想點辦法，鮑麥斯特騎士領地將來一定會逐漸衰退。」

「衰退？」

我實在無法理解這個鮑麥斯特騎士領地為何會衰退。

這塊領地內有眾多只要開發就能產生莫大財富的未開發地，就算一部分也好，只要成功開通魔之森，甚至還能與海洋接軌。

「沒錯，只要能夠開發，未來應該會是一片光明。不過，以現狀來看是不可能的。而且這樣下去，這個鮑麥斯特領地的人口一定會逐漸流失導致人口過少。」

克勞斯開始向我說明他預測的鮑麥斯特騎士領地的未來，以及十年前失敗的那起魔之森出兵事件背後的隱情。

「十年前那場出兵，實在太令人悔恨了。」

「這我知道。我無法理解的是，為什麼明明眼前有這麼多的未開發地，卻急著去解放位於遠方的魔之森。我本來以為是因為非常想要海洋的資源。不過布雷希洛德藩侯明顯較為期待從魔物居住的領域獲得的成果。」

「現任當家也同意了這項提議，並出兵擔任嚮導。不過您想想看。即使同樣位於領地內，但我們根本就不熟悉未開發地和魔之森的地理狀況。我們的士兵明顯是被當成兵力派去的。」

只要布雷希洛德藩侯有心，似乎能夠動員三萬人以上的兵力。

話雖如此，他還必須維持領地內的治安，以及防範因為領地邊界的問題交惡的幾名貴族，更重要的是，還有現實的預算和後勤的問題。

即使能靠師傅的魔法袋解決後勤問題，要讓以萬為單位的軍隊跨越和富士山差不多高的山脈還是太無謀了。

即使是自己的附庸，要是帶了比鮑麥斯特騎士領地的領民還要多上好幾倍的軍隊過去，也只會徒增他們的不安。

「所以最後才會是兩千人這種不上不下的人數啊。」

「即使領主大人只提供百名軍隊，仍算是非常可貴了。然後，關於布雷希洛德藩侯真正的目的……」

上一代的布雷希洛德藩侯有兩個兒子。

長男叫丹尼爾，次男叫阿瑪迪斯，前代布雷希洛德藩侯溺愛資質聰慧的長男丹尼爾，期待他能成為自己的繼承者。

「然而，丹尼爾卻得了不治之症。」

即使布雷希洛德藩侯用盡了各種手段，他的死期仍逐漸逼近。

然後，布雷希洛德藩侯終於找到能治好他的微薄希望。

那就是由傳說的魔物，古代龍的血製成的靈藥。

「魔之森裡，有可能住著那種古代龍。」

在其他有冒險者出入的魔物領域，已經找不到這種龍的蹤影了。

所以他才會期待仍是未知領域的魔之森。

「明明只要委託冒險者就好了。」

「恕在下失禮，我想應該沒有那麼不要命的人。」

首先必須辛苦長途跋涉到鮑麥斯特騎士領地，之後還必須在無人居住的未開發地走上幾百公里。

就算好不容易抵達魔之森，還得賭上性命打倒不曉得存不存在的古代龍。

像這種委託，確實不管報酬多高都不會想接。

「之後的結果，就和至今流傳的一樣。前代布雷希洛德藩侯率領的軍隊潰敗，回來的只有不到百人。我們鮑麥斯特騎士領地軍也一樣。生存者只有二十三名。」

至於失去當家的布雷希洛德藩侯領地，因為長男丹尼爾在得知父親的死訊後馬上就去世，最後是由次男阿瑪迪斯繼承。

不只是倉促繼承，還得從失去不少兵力和麾下的優秀魔法師的狀態開始。正常人一定會覺得這懲罰遊戲也太過頭了。

即使損失不到總兵力的一成，大貴族一旦被人知道有軍事行動失敗，就有可能會被周圍的貴族競爭者瞧不起。

不難想像新布雷希洛德藩侯才剛起步，就要面對一連串艱苦的困境。

「或許是因為如此。新布雷希洛德藩侯支付了一筆比正常行情優渥許多的慰問金給鮑麥斯特騎士領地軍的戰死者。只不過有很多都被領主大人私吞了。」

掌管鮑麥斯特家財政的男人，向我揭露了我完全不想知道的事實。

基本上就算比一般的行情高，光靠慰問金還是不足以讓被留下的家人輕鬆過一輩子。

而且做為提高慰問金的代價，父親還接受了一個愚蠢的要求。

那就是將這次出兵的對外說法，定為是希望開發魔之森的父親懇求身為宗主的前代布雷希洛德藩侯幫忙，後者只是因為無法拒絕附庸的請求才勉強答應。

即使這麼做，我也不覺得會讓狀況變好，但這似乎就是所謂大貴族的面子問題。

「當時正值必須重建失去的軍隊，以及因應逐漸增加的人口展開新開墾計畫的時期。所以領主大人才會想要資金吧。」

不過，失去的不只是金錢和物資。

一口氣失去許多勞動力，必須勉強募集開墾新土地和水路工程人手的結果，就是那個每天只有黑麵包和鹹蔬菜湯的晚餐。

要是不用忙著開墾，男人們好歹能在農事的空檔抽出時間打獵。

至於拘泥於開墾的原因，好像是因為收穫的小麥能夠賣給商隊。

「這裡是封閉性強的鄉下農村。雖然不滿已經累積到快要爆發的程度，但也不能就這樣讓它爆發。」

克勞斯接著說道。

「也因為這樣，有許多人對領主大人感到不滿。」

首先是十年前失去一家之主和有前途的年輕人的家族。

而且父親還愚蠢到私吞應該交給他們的慰問金。

除非領民們是嚴重的被虐待狂，否則應該不會有人還仰慕他。

再來是率領援軍，並因此戰死的分家當家——大叔父的親族與家人。

雖然次男赫爾曼入贅後成了那個家的當家，但他現在似乎過得如坐針氈。

考慮到事情的背景，赫爾曼看起來就像是本家為了強化影響力，而特地送到分家的間諜。

「赫爾曼大人果然也產生了危機感。透過入贅切斷和本家的緣分後，他現在已經清楚表態並徹底站在反對本家的立場。其實他也贊成由威德林大人當下一任的當家。」

「喂……」

因為是總有一天要離開的家，所以我一直不怎麼在意，但現在的鮑麥斯特家狀況似乎非常不妙。

「最後一個，可能是最嚴重的問題。」

雖然開墾新土地的計畫總算順利完工，但要是人口繼續增加，當然就必須再擬定新的計畫。

「不過，由當家和少當家指揮的開墾作業評價非常差。」

他們並沒有做出拿鞭子鞭打農民之類的事情。

那兩人不僅親自帶頭進行作業，就連吃的東西都和大家一樣，沒有獨享好吃的東西。

不過父親的身體非常強健耐操，因此似乎經常不自覺地勉強其他的人。

一個好的指揮官，應該要懂得適當休息和有效率地指揮開墾作業，既然父親缺乏這方面的能力和體貼，參與作業的領民們對他的評價自然不會好到哪裡去。

「科特大人對這樣的當家什麼也沒說，所以風評一樣不好。」

明明地位排第二，卻無法對地位最高的人發表意見，只做和一般作業員相同的工作。

這樣當然會被討厭。

「領民都擔心要是人口再增加，就得再進行那種討厭的開墾作業，於是……」

他們變得不想再增加人口。

「然後次男以下的男子，也都想離開這個鮑麥斯特領地了。」

他們大部分的人，都是透過和每隔幾個月會造訪這裡一次的商隊同行的方式離家。

等抵達布雷希柏格後，就在那裡找工作，或是參加其他領主為了開墾新土地所進行的招募。

「而且，最近甚至連女孩子都……」

除了會繼承田地的長男和將成為他們妻子的人以外，現在連女孩子都想離開鮑麥斯特領地了。

這樣下去，將無法阻止人口持續外流。

一旦狀況發展到長男娶不到老婆，那就會是人口短缺的第一步。

「更糟糕的是，威德林大人會魔法的事情被發現了。」

難得有人會魔法。

明明可以用在開發鮑麥斯特領地上，父親卻為了維持爵位繼承的秩序，極力不讓我和領民們接觸。

若真的希望領地繁榮，就算必須將繼承人換成我，也應該讓我為領地工作。

偶爾必須做出這種無情的決定，不就是被稱為貴族者的使命嗎？

「領民們都絕望了。他們認為當家只想在這個偏僻的農村擺貴族的架子，而且只要自己的兒子能平安繼承家門，其他事情怎麼樣都無所謂。」

被人放棄成這樣，或許真的還滿嚴重的。

的。

人類是有欲望的生物。雖然過度的欲望不好，但想讓生活變好的欲望，對人類來說是不可或缺的。

「確保所有領民都能獲得最低限度的糧食，是件重要的事情。不過，當家只做到這裡就停了。當然這也很重要，不過竊以為能讓大家看見未來的努力，也是統治者必備的資質。」

說到這裡，克勞斯嘆了口氣。

這大概是因為這個鮑麥斯特領地的人口別說是成長到極限了，這樣下去或許還會不斷減少，所以他才無法停止煩惱吧。

「雖然我能理解克勞斯的心情，不過就算我說自己想當下任當家又能如何？只會平白掀起多餘的騷動而已。」

無論怎麼想，本家都不會有人支持我。

除非父親讓我當繼承人，否則不管怎麼做都是白費力氣，若發生繼承紛爭的消息傳到中央耳裡，考慮到兩地距離甚遠，中央的官僚或許會事務性地直接下達削減或收回領地的命令。

「光是引發騷動並沒有意義。倒不如說，應該要避免發生這種事。現在只能想辦法說服父親經營能夠增加新移民的產業，或是進行有效率的開發了。」

「可是，只要有威德林大人的魔法……」

「就算這次可以靠我的魔法解決，要是將來我死了怎麼辦？」

「這個……」

魔法師的素質不會遺傳。

如果會遺傳，那王族和貴族應該全都是魔法師了，因此這也可以說是理所當然。

所以王家或貴族才會花大錢募集優秀的魔法師。

回到原本的話題，假設我利用魔法讓鮑麥斯特領地變得繁榮。

不過等我死了以後，又要如何維持那分繁榮。

或許這塊領地，將因此面臨比人口逐漸流失還要恐怖的衰退也不一定。

「而且要是硬推舉我成為當家，一定會產生紛爭。」

克勞斯等人似乎對父親抱持著不滿，但領地內也有不對父親和哥哥的做法感到不滿的人。

等我就任當家後，要是他們對我產生反感，那這一切不就沒意義了。

「所以，我會當作沒聽過這段話。」

我在最後留下這句話後，便急忙前往森林深處，立刻用瞬間移動的魔法消失。

克勞斯等人只能啞口無言地看著我這麼做。

（話說回來，他們到底想要我怎麼做啊……）

我不是不能體會克勞斯的心情，但他搞錯了順序。

在說服我之前，他應該先和另一個人商量。

沒錯，他必須先說服父親。光找我談根本就沒用。

（不過，這下麻煩了……）

雖然不曉得父親和科特哥哥對克勞斯真正的想法了解多少，但一個不小心，或許連我都會背上謀反的嫌疑。

這麼一來，許多事情都會變得很麻煩。

即使是遲早要離開的家，如果不先平安放棄繼承權再離家，或許會被世人當成是擾亂老家繼承秩序的討厭傢伙也不一定。

要是背負起這種負面的風評，之後的人生可就難過了。

話雖如此，我也不能找父親商量。

要是父親打算利用這件事把我處理掉怎麼辦？

我愈是思考，頭腦就變得愈混亂。

「啊——！想再多也沒用！還是無視克勞斯吧！就這麼辦！」

在抵達某個未開發地的平原後，我憑著一股氣勢放出大規模的爆破魔法。

然後，地上就多了個大洞。

「儘管是為了發洩壓力，但這算是破壞環境吧。」

雖然我在稍微冷靜下來後有所反省，但關於這個大洞將來會被人們當成人造湖利用的事，恐怕只有老天爺才會知道。

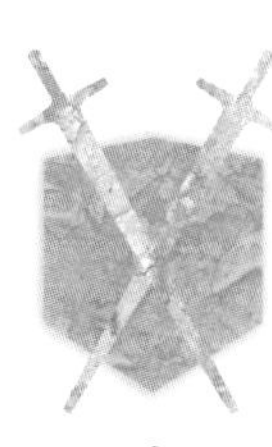

中場三　我明明就想離家

「這下糟了！這下糟了！」

明明計畫再過一陣子就要離家，結果領地內的名主卻突然對我說「我希望您能繼承領地。為了這個目的，我將全力協助您」這種話。

不對，現在不是開玩笑的時候。要是一個不小心，或許會造成必須和哥哥互相殘殺的悲慘結局。

然而，我卻不曉得該怎麼辦。前世的經驗，在這種時候完全派不上用場。

出生在平凡的上班族家庭，而且家中的小孩只有我和一個弟弟，根本就不可能發生什麼繼承糾紛。倒不如說，如果有人願意陪我商量繼承糾紛的事情，那反而還比較恐怖。

總而言之，我開始極力避免和克勞斯接觸。不對，應該說我全力施展「探測」魔法，徹底避免和家人以外的人接觸。就算是克勞斯，也不可能在家門前大喊「威德林大人，我想和您商量讓您擔任下任當家的事情，請您出來一下」吧。

我開始過著早上比誰都早起，晚上也很晚才回家睡覺的生活。

我甚至連三餐都不在家裡吃，不是自己煮飯就是在布雷希柏格的店解決。

雖然感覺有點像是已經離家獨立，但法律上我仍是接受鮑麥斯特家庇護的未成年人，是繼承順位排行第六的孩子。

拜此之賜，事情也變得更加麻煩。

即使不回家吃飯，家人也沒對我說什麼，這或許算是唯一的救贖。

「威爾，埃里希先生寄信來囉。」

「不好意思，大嫂。」

等夜深回家後，我發現科特哥哥的太太亞美莉在我房間前面，等著將信交給我。

仔細想想，現在鮑麥斯特家最常和我說話的，就是這個人。

「真漂亮的字。而且也有使用漢字。」

亞美莉大嫂在看見埃里希哥哥親筆寫的信上的地址後，佩服地說道。

儘管同樣是鄉下的騎士爵家出身，但其實她也會讀寫包含漢字的文章。由於是可能下嫁給商人的次女，因此父母才要求她學習這些東西。

「因為埃里希哥哥是官員啊。」

我之前曾說明過，以平民為對象的文章只有平假名和片假名，若參雜了漢字和英文單字，就是以貴族為對象或具備官方效力的文章。

另外，像這樣以參雜漢字的文章寫個人之間的私信還有一個優點，就是能帶給周圍的人聰明的印象。

這應該算是一種簡單的印象操作吧？比起虛榮，這更接近一種表現手法。

再來還有個比較單純的優點，那就是即使信被拆封，在這個家也只有我看得懂。

不過，這幾年出現了亞美莉大嫂這個例外。

「這個家會收到信這種東西的，也只有威爾和我了。」

亞美莉大嫂偶爾會收到娘家寄來的信，不過正常情況下，回信的頻率總是會比來信低。

這個世界也有郵政系統。

只要是有一定規模的城鎮，那裡的商業公會都有專用的櫃檯，費用則是以距離為標準的預付制。最低也要五枚銅板，也就是大約五千圓。

只要對方確實能夠收信，也能送到鄰國的阿卡特神聖帝國，但寄到不同國家要花五枚銀幣，輕易就會超過五萬圓。郵寄時間也往往要花上幾個月。

雖然也能寄送急件，但這又得花上更多的錢。

順帶一提，我們領地內並沒有收信的櫃檯。

送到布雷希柏格商業公會的信，只能請每年會來這裡三次的商隊幫忙轉交。相反地，如果想要寄信，就只能將信和錢一起交給來鮑麥斯特領地的商隊。

當然，幫忙帶信的商隊也會收手續費，因此費用又會變得更高。

不過反正會寄信或收信的，就只有我和亞美莉大嫂，所以倒也沒什麼不方便的。

順帶一提，如果亞美莉大嫂要寄信回娘家，連同商隊的手續費在內，必須花上兩枚銀幣。

站在媳婦的立場，一年寄一次似乎就是極限了。

至於我的狀況，因為我從小就連零用錢也沒有，所以身上都不會帶著現金。

我只能請父親先幫我代墊，之後再用魔法獵到的獵物當作代價。

當時我曾經向父親建議「反正商隊每年只來三次，讓亞美莉大嫂一年寄三次信也無所謂吧」，並多交了一些獵物給他。

父親雖然沒有回應，但從那次之後只要有商隊來，亞美莉大嫂就會請他們幫忙寄信，可見他應該是有接受我的請求。

大概就是從那時候開始吧？亞美莉大嫂變得經常向我搭話。

「因為埃里希哥哥寫的信漢字很多啊。」

「是職業病嗎？」

雖然姑且是以職業病為理由，但其實他是刻意將漢字的比例提高到一半以上。

由於父親和哥哥都看不懂漢字，即使看了信也看不懂內容。因此這也有代替暗號的功能。不曉得幸或不幸，這些信至今都沒被人事先拆開看過。

「王都啊。那裡應該很繁榮吧。」

儘管不像我們家這麼誇張，但亞美莉大嫂的娘家似乎也是鄉下。

因此王都對她而言，似乎是令人憧憬的大都會。

「等長大以後，我一定要去那裡看看。」

「真希望能在有生之年去一次呢。」

和亞美莉大嫂稍微閒聊了一會兒後，我回到自己的房間。

雖然以前是供兄弟四人使用的狹小房間，但因為現在我只拿來睡覺，所以看起來既寬敞又冷清。

我坐上床，快速把信拆開。

其實，我和埃里希哥哥商量了克勞斯的事情。

『看來你似乎遇到了大麻煩。其實，我以前也有過相同的遭遇……』

（那傢伙……）

根據埃里希哥哥的信，他在離開老家前也被說過相同的話。

當時克勞斯似乎是用「比起連漢字都不會寫的科特大人，還是由您來擔任當家，更能有計畫地讓領地變得繁榮」這個理由來說服他。

『不過這是那個人的老招數了。可別被他謙卑的態度和語氣給騙囉。』

按照埃里希哥哥的說法，那個叫克勞斯的名主，似乎是個必須提防的人物。

『他有從軍的經驗，名主的工作也處理得很完美，雖然是個能幹的人……』

但同時也有貪婪的一面。

『雖然鮑麥斯特領地也有其他名主，但為了在那些人中占得頭籌，他甚至不惜把女兒送給父親當妾。』

就結果而言，他不僅能出入我們家，父親還將領地內所有的稅收計算和帳簿都交給他處理。

其他名主對他當然也沒什麼好印象。

『接下來的內容只是我的推測，關於讓我或威爾當上鮑麥斯特家的下任當家，對他來說到底有什麼好處。你之前曾在信裡提到，克勞斯那天還帶了我們同父異母的弟妹過去對吧。』

如果跳過其他哥哥，讓我成為下一任領主。

那麼我和其他同母兄弟的關係自然會變得非常惡劣，在統治方面能不能獲得他們的協助也很難說。

至於次男赫爾曼，應該會做出「我已經是其他家的人」的結論吧。

『這麼一來，自然就得依靠同父異母的弟弟，或是妹妹的夫家了。克勞斯也會因此獲得龐大的利益。』

雖然埃里希哥哥說這只是推測，但既然克勞斯也對他提出了相同的邀約，那老頭應該不會是清白的。

『而且他說的話並沒有錯。』

難得有這麼廣大的未開發地，應該別拘泥於長子繼承制，在優秀領主的指揮下進行開發，讓鮑麥斯特家升級成從男爵、男爵或甚至子爵。

在這個計畫中，應該也包含了讓繼承父親血統的他的孫子們獲得相稱待遇的未來吧，原來如此，看來領地的繁榮和克勞斯一家的發展是息息相關的。

『至於對策，總之就是別再和克勞斯見面。』

也可以說真的就只剩下這個對策。

『即使裝聰明和父親商量，要是父親什麼都沒發現，那事情可就糟了。』

站在父親的角度，克勞斯等於是背叛者。當然會讓他受到相對應的懲罰。

話說回來，我們領地要是少了克勞斯，就連計算稅金都會有問題。

就算跟我說這種家的爵位未來可能升級，我也只會覺得是鬧劇一場。

『要是事跡敗露，父親和哥哥就只能選擇捨棄克勞斯。然而這麼一來，領地內就會陷入混亂。而在那陣混亂中產生的仇恨，有一部分也會波及到威爾。』

雖然不是我的錯，但一定會有人跑出來說「要是沒有你就好」這種話吧。

這實在太沒道理了。

『話雖如此，你或許會覺得為防患未然，應該多和家人或領民溝通吧？這個方法也不行。』

我會魔法的事情，早就已經走漏風聲了。

要是這時候突然和領民們接觸，只會讓他們更期待新領主威德林。

這麼一來，反而會被家人疏遠。

然後克勞斯又會靠過來說同父異母的兄弟姊妹們能夠幫我。

光想就讓人覺得討厭。

『我覺得威爾還是維持現狀繼續當個怪人，再以不幫忙處理領地工作的懶惰八男的身分離開家比較好。』

埃里希哥哥幫我想的方法，就是絕對別和克勞斯碰面，連見都不要見到他。就這樣維持目前的生活，然後盡早離開家裡。我決定聽從埃里希哥哥的建議。

願意陪我商量這種事的他，真的是個好哥哥，而且無疑也是我在現世唯一會本能地認同為至親的人物。

我寫了封道謝的信，將用來代替急件費用、在未開發地採到的寶石原石放進信封裡。

至於關鍵的能夠早點離開家的方法，答案意外地就在非常近的地方。

透過那簡單到讓我甚至納悶為什麼之前都沒想到的方法，我總算成功在快十二歲時離開家。

第七話 冒險者預備校

「接下來，將舉行冒險者預備校的入學典禮。」

距離被名主克勞斯提出希望我擔任下一代當家的奇怪請求，已經過了一年。總算滿十二歲的我，成功離開老家進入冒險者預備校就讀。

仔細想想，這一年來我都忙著逃避克勞斯的反復勸說。

儘管嘴巴上說只要我有那個意思，就會和其他支持者一起去說服父親，但站在我的立場，為什麼我非得悲慘地繼承那種偏僻的領地不可。

而且前世只是個二流公司上班族的我，根本不可能有辦法治理領地。

內在的人格，也沒有什麼貴族的義務或責任這類令人敬佩的精神準備，要是有力氣在那塊小領地維持一定程度自由的生活，還不如自己利用魔法當冒險者比較賺錢。

話說回來，雖然我將未來的夢想暫定為當上冒險者，但也不排斥從事靠魔法維生的自由業。

利用瞬間移動自由地前往未開發地或海岸，在那裡用魔法製作能換錢的東西。

雖然這種事情我已經做了六年，但仔細想想，無論我剩下的人生還有幾百年，光是這六年的成果，就夠我一直待業或當尼特族了。

沒錯，我已經自由了。

我不打算再回老家。父母與兄弟似乎也贊同我的意見。

即使是塊貧瘠的領地，一旦我將自己的魔法貢獻在領民身上，就會引發新的繼承騷動。

不對，其實我已經引發了，只是愚蠢的父親似乎還沒發現。

話雖如此，要是隨便打草驚蛇，有可能反而會替自己造成危害。所以我完全沒向父親報告克勞斯的事情。

克勞斯也一樣，要是他的計謀這麼簡單就會被父親發現，那他應該早就不存在這個世界了。

那麼，關於老家的麻煩事就講到這裡為止。現在是冒險者預備校的入學典禮。

講臺上有位看似公會會長的半老男性正在進行漫長的演講，看來學校這種東西不管到哪裡都差不多。

畢竟是培育冒險者的預備校，果然不至於會有學生因為貧血或緊張而昏倒。

……即使所有人都因此只能一直坐在位子上聽演講也一樣。

「各位要努力在滿十五歲的同時，成為能在魔物的領域活躍的人才……」

按照王家的法律，未滿十五歲不得加入冒險者公會，而這個預備校的目的，就是為了填補這項不利。而另一個理由，則是為了輔導滿十五歲但沒有工作的人就業。

換句話說，就是為了避免有菜鳥冒險者突然跑進魔物領域這種沒效率的事情發生。

要是突然把菜鳥送去那種地方一定只有死路一條，因此只要未滿二十歲，不管是誰都必須在公會的主導下接受基礎訓練。

即使如此，在冒險者的世界，還是每十人就會有一人在第一次的工作中死亡或受傷。

儘管工作環境嚴苛，但由於能賺到不少錢，因此在想成就一番事業或因為某些原因於人生中碰壁的人當中，這職業還是很受歡迎。

再加上整個大陸都在持續開發，人口也不斷增加。

因此對來自魔物領域的素材需求自然也水漲船高，採集這些素材的冒險者也一直都非常歡迎有新人加入。

雖然有入學考，但基本上所有人都能入學。

舉行考試的理由，只是用來選出在學費和實習方面能獲得優待的對象，讓他們在畢業後直接成為該公會的專屬冒險者，期待他們能在這領域持續活躍。

無論哪個冒險者公會，都拚命想確保優秀的冒險者。

我在入學典禮的前一個月離開家後，就馬上參加入學考。

考試內容是基本的地理、歷史、生物學、魔物學和地方風俗，這些都是冒險者必需具備的基礎知識。

再來就是使用擅長的武器和指導教官進行模擬比賽，或是讓魔法師展現自己的魔法。

坦白講，雖然我是個劍術和弓術都只經過基礎訓練的低層貴族，但不愧是貴族流傳下來的訓練。

我在考試中獲得了相當高的評價。

雖然主要是在弓箭方面……

另外關於魔法的項目，我則是適當地放水了一下。畢竟我現在的魔力量，可是比身為布雷希洛德藩侯專屬魔法師的師傅還高。

幸好這裡似乎沒有像師傅那樣敏銳的魔法師，在看見我發出躲避球大小的火炎球後，教官只顧著稱讚我，完全沒發現我隱藏魔力的事實。這也證實了師傅「優秀的魔法師，會變得對其他優秀魔法師的氣息敏感」的說法。

魔法師——特別是優秀的魔法師——是種貴重的存在。因此不可能出現在只要會使用魔法就能合格的預備校考場。

而對其他優秀魔法師的存在敏感，並不是因為感覺到魔力，而是建立在某種直覺上的能力。

無論魔力量再怎麼大，魔力都不會像溫泉那樣從人的身體湧出來。

魔力平常是儲存在體內位於其他次元的魔力袋，在魔力迴路中循環。而且即使發動大規模魔法，所使用的魔力也已經變成魔法的結果，不會殘留魔力。

魔法師很難察覺其他人的魔力量，也是因為這個理由。

扣掉少數的例外，一般單純只能看出對方會不會使用魔法。而且也無法得知能使用到什麼程度。

「中級程度的魔法師算是貴重的人才。你通過資優生測驗了。」

看來只要能使用到中級魔法，無論之前的筆試或武器實測結果如何，都能免除學費。

魔法師就是如此貴重的存在。

「好好喔……會使用魔法。」

「雖然我也會用，但只有初級程度，所以沒想過能通過資優生考試。」

在其他應試者羨慕的聲音中，我順利通過資優生考試，成功進入冒險者預備校就讀。

「我叫威德林．馮．班諾．鮑麥斯特。如同姓名所示，我姑且算是隔壁鮑麥斯特家的八男，因為無法繼承領地，所以才以成為冒險者為目標入學。請各位多多指教。」

入學典禮後，便發表了分班結果，看來資優生全都被編到同一班。

大家年齡都和我差不多，最大應該是到十八歲吧？

班級成員主要是劍術優異、擅長弓箭、擅長使槍或能使用初級魔法的人。

最後我在說明自己能使用中級魔法後，結束自我介紹。

之後擔任班導的公會職員開始分發課程表，內容大概是講課占三成，實際技術課程占七成。

而且由於只學習冒險者所需的技術，因此課只上到中午。

加上週休二日，非常輕鬆。

「大家在十五歲之前，不能進入魔物的領域。即使已經滿十五歲，在入學滿一年前也不能進去。課程之所以不多，有部分原因也是為了讓你們自己打工賺取生活費。」

原來如此，即使資優生能免除學費，也不是所有人都從家裡通勤上課，倒不如說離開故鄉到布雷希柏格的人還比較多。

這麼一來，當然必須自己賺房租和生活費。

「唔啊。這麼說也對。該打什麼工好呢？話說回來，鮑麥斯特的老家會寄錢給你嗎？」

因為入學典禮時就坐在旁邊而認識的同年男子，問我家裡有沒有補助。

儘管例子不多，但有些大商家或大貴族家的子弟，會因為無法繼承家門而從家裡獲得補貼。

「身為騎士爵家的八男，我好幾年前就放棄這種想法了。」

「說得也是……我的狀況也差不多。」

這位比十二歲後好不容易長到一百六十公分高的我還要高出十公分左右、將棕色頭髮理成平頭的眼神銳利的少年，和我一樣是西部的小領主的兒子，名叫艾爾文‧馮‧阿尼姆。

他的老家是擁有人口約五百人的村落的騎士爵家，財政狀況也和我家差不多。

艾爾文在那個家似乎排行第五。按照他的說法，理所當然無法繼承家門的他，似乎計畫活用足以通過資優生考試的劍術才能，靠冒險者的工作餬口。

「鮑麥斯特家窮歸窮，還是能拿到一筆資助金，我至今也有靠打獵存了一點錢。」

雖然就算沒有這些東西，我還是能過得很有餘裕，但總不能連這些事都公布出來。

「我也有拿到一小筆資助金。不過狩獵的成果都被父母拿去了。得快點找打工才行。」

即使是我，也不至於所有獵物都被沒收。

這世界果然是人下有人。

「我還有將一些能賣的素材存在魔法袋裡。」

「魔法師真好。喂，要不要跟我一起去打工狩獵？」

打工的內容，從當店員、清掃馬路到當保母都有。

在來自冒險者公會的工作中，也有不必進入魔物棲息的領域就能完成的採集任務，另外還有一些其他公會提出的簡單工作。

再來就是雖然有被野生動物攻擊的危險，但也有靠打獵提供食用肉和毛皮給城市的工作。這部分因為有助於提升戰鬥技術，所以受到冒險者公會的推薦。

「鮑麥斯特……」

「我的名字是威德林，叫我威爾吧。家人也都是這樣叫我。」

「這樣啊，那你就叫我艾爾吧。既然都是排行後面的孩子，當然隨便用暱稱稱呼就好。對吧，威爾。」

「沒錯。請多指教了，艾爾。」

「嗯。多指教啦，威爾。」

就這樣，我順利進入冒險者預備校，並久違地在那裡交到了同輩的朋友。

＊　＊　＊

幾天後的下午。

總算習慣預備校的我，開始從事打工。

雖然其實沒這個必要，但我不太想讓別人知道自己的資產狀況，而且反正在滿十五歲之前，都不能進入魔物居住的領域。

因此為了練習實戰技術兼打工，我決定出門狩獵。

而且，還是跟我在這個世界第一個認識的同齡友人，艾爾文・馮・阿尼姆一起。

「呼——總算到了。」

「沒辦法，附近的獵場都已經被別人占走了。」

在走了一個小時的路後，我和艾爾總算抵達預備校事務所告訴我們的獵場。

布雷希柏格是個人口超過二十萬人的大都市，因此需要大量的食材。

穀物和蔬菜，主要是來自附近的眾多農村。

遺憾的是這裡離海有數百公里遠，因此魚類來源大多是淡水魚，再來就是醃魚或魚乾。

儘管鹽也滿貴的，但由於是大量進貨，所以似乎還是比其他內陸都市便宜。

這些都是我賣獵物給做肉乾的商人，和他們閒聊時聽來的。

砂糖也因為這裡是南部的產地，而能以較便宜的價格入手。

至於剩下的肉類，光靠周邊農村飼養的牲畜終究還是不夠。雖然穀物的生產量因為一直都有在進行農地開墾而提升，但人口也在比例增加，追不上飼養家畜需要的穀物量。

這時候冒險者的存在就非常重要。

雖然一般人對冒險者的印象，都是進入魔物棲息的領域狩獵魔物，靠取得貴重的素材與肉維生，但並非所有人都強到能狩獵魔物。

大部分的冒險者，都會像這樣到遠離城鎮的地方，幫人們取得食用肉。

鄉下的農村有專業的獵人，農民有空時也會狩獵，甚至偶爾還會舉村一起外出狩獵取得需要的肉。

至於都市地區，通常連獵人也會加入冒險者公會進行狩獵。因此，冒險者公會同時也兼任獵人公會的職務。

這種狩獵雖然是冒險者預備校的學生打工，但對某些人而言，也可以說是評估自己將來的重要本業。

即使野生動物沒有魔物那麼強，每年都還是會有一定人數的冒險者死於熊或狼的襲擊，同樣只要一大意就會有危險。

雖說是狩獵，但也不能因此就掉以輕心。

「大家都急著去附近的獵場了。」

「因為遠的地方比較危險吧。」

像狼這類危險的動物，大多都是棲息在這種離人居住的地方有段距離的場所。

考慮到明天還要上課，出遠門實在不算是明智之舉。

「不過，這樣競爭率也會比較高吧。」

「實際上也有很多人完全獵不到東西呢。」

離城市愈近的獵場愈常有人狩獵，因此獵物數量也比較少。再加上那裡也有職業的冒險者，因此經驗尚淺的學生大多只能空手而回。

這似乎就是所謂「對新人的洗禮」。

而連續好幾天都獵不到東西的人，大多會就此放棄，改找當店員或搬運貨物的打工。

「離城鎮這麼遠後，就沒有其他冒險者了。對吧，威爾。」

「安靜一下……」

我請艾爾安靜後，便將意識集中到顯示有反應的「探測」上面，探查周圍的狀況。

「探測的魔法嗎？你會使用這麼方便的東西啊。」

「這魔法用來狩獵很方便。找到了……」

我指出有反應的方向，而我們兩人一移動到那裡，就發現有隻大豬正在挖樹根。牠大概是在找山芋吧。

「是個大獵物呢。」

「嗯。」

因為繼續嬉鬧或觀望下去也沒什麼意義，我和艾爾迅速上箭，開始瞄準。

雖然艾爾是靠劍技獲得預備校資優生的資格，但其實從小就在狩獵的他，也非常擅長弓箭。

如果不用魔法，他的技術應該比我還好。畢竟他有一部分的旅費和停留在布雷希柏格的費用，就是靠這幾年拚命打獵賺來的。

「幫我在箭上施加『強化』。」

「嗯。」

下一個瞬間，我和艾爾同時放箭。兩支箭分別深深刺進豬的臀部和背。

「『強化』真是方便。」

用風魔法「強化」加強過、無論射程或貫穿力都有所提升的弓箭，深深刺進獵物。只要準確命中要害，即使是體型龐大的獵物也可能一擊就陷入瀕死狀態。

不過因為這次獵物的頭埋在洞裡，所以並沒有造成太大的損害。

「牠要被嚇跑了嗎？」

「真遺憾，牠好像很生氣。」

雖然前世沒狩獵過的我也不太清楚，但感覺這世界的野生動物有很多凶暴的個體。

根據從預備校老師那裡聽來的話，每年似乎都會發生幾起冒險者被受傷的豬突襲，造成重傷或死亡的事件。

「牠要衝過來了。」

「不如說這樣正好。」

我和艾爾不慌不忙地架起下一支箭發射。

被「強化」增強過的箭，兩支都刺進了衝向這裡的豬的頭頂。

豬在發出誇張的聲音後摔倒在地，就這樣變得一動也不動。

「死掉了嗎？」

艾爾慎重地靠近不再動彈的豬，用劍刺牠確認生死。

「這是個好兆頭呢。不過，威爾連弓箭也用得很棒呢。」

「這是練習的成果。」

雖然一開始瞄得不怎麼準，幾乎都要靠魔法調整軌道，但最近總算射得比較準了。

即使如此，還是遠遠不及命中豬頭頂正中央的艾爾的技術。

「威爾會使用魔法，所以沒關係吧。麻煩你收起來了。」

「我知道了。」

我立刻將死掉的豬收進魔法袋。

只要收進魔法袋，在袋子裡的這段期間就會是時間停止的狀態，所以不必擔心豬的血會凝固或肉質變差。處理獵物的工作等晚點再一起進行會比較有效率，現在只要先收進袋子裡就好。

另外因為不想將會滴血的豬屍體放進師傅給的魔法袋，所以剛才拿來裝獵物的魔法袋，是我練習製作魔法道具時順便做的。

要做一般人也能使用的泛用品果然還是有點困難，因此我只做了一個同樣只有魔法師能用的魔法袋。

而且因為是簡單做出來的，所以缺點是容量大概只和一棟房子差不多。

「在周圍一公里的範圍內，有很多小型獵物四處分散。」

「喔，中大獎了呢。來比賽看誰獵得比較多吧。」

「輸的人要請吃晚餐。」

「了解。」

我和艾爾兵分兩路，開始各自追逐獵物。

在兩小時後重新會合的我們，立刻開始發表成果。

「我是六隻兔子。」

艾爾將獵到的兔子放在腳邊。

「好厲害。」

「看來專挑兔子是正確的。」

雖然數量也很驚人，但每隻兔子中箭的地方都是要害，證明艾爾的技術高超。

「我是兩隻兔子和三隻珠雞。嗯——是我輸了呢。」

「只限數量啦。不過虧你有辦法獵到這麼多珠雞。」

無論射箭的技術再怎麼好，對人類氣息敏感的珠雞，還是會常常在進入弓箭的射程範圍內之前就逃跑。

這也是為什麼牠們會被稱做獵人之恨。

我能用魔法改變弓的射程和軌道，因此相對比較容易抓到牠們。

「我們比的是數量，所以是艾爾贏了。你想吃什麼？」

「等回街上再決定吧……喂，怎麼了嗎？」

「往東五百公尺靠近街上的方向。有兩個人類的反應，和十二個似乎是狼的反應……」

「這樣不太妙吧？」

「嗯。」

因為從狀況上來看，應該是狼群包圍了兩個來這裡打獵的人。

會聚集在一起的狼，無論單獨還是團體行動時，都會對人類造成威脅。

實際上每年都有許多人因為被狼襲擊而死。

「要去幫忙嗎？」

「畢竟是在回程的路上，而且要是有人死掉也會良心不安。」

「不過來得及嗎？」

「沒辦法了。只好使用緊急手段。」

我快速詠唱「身體機能強化」和「速度提升」的魔法，並抱著艾爾以驚人的速度趕往現場。

「你這傢伙！至少事先告訴我要使用什麼魔法，或是接下來有什麼計畫吧！」

「因為時間寶貴。好了，上吧！」

「這魔法就只有能讓人及時趕到這點值得稱讚，其他部分對人都不怎麼溫柔。」

在短短幾十秒內抱著艾爾跑了五百公尺的我，無視艾爾的抱怨開始確認現場的狀況。

那裡有兩名和我們一樣的預備校學生正被狼群包圍。

「兩個都是女孩子。」

「嗯，是女孩子。」

我和艾爾默契十足地說道，這點非常重要。

即使同樣是救人，鼓起幹勁的方式還是完全不一樣。

「先發制人！」

艾爾首先連射了兩箭，刺穿兩隻狼的頭頂。

原本打算從後方襲擊那兩名同學的狼，因為被擊中要害而瞬間斃命。

「我出手的時機很棒吧。」

那的確是非常漂亮的一擊。

「那麼，快點結束吧。」

我打算快速解決掉剩下的十隻狼。

未開發地也有很多狼，這些傢伙只要一遇到不利的狀況就會呼喚同伴增加麻煩，所以必須盡快收拾掉。

「首先是確保她們的安全。」

我迅速以「土壁」魔法包圍兩位女性，將她們與狼隔開。

「這樣就結束了！」

接著連續發射無屬性的魔力箭，一口氣殺光狼群。

之後就只剩下動彈不得的狼的屍體。

「喂，威爾，你對她們有印象嗎？」

「有。雖然現在才講這個也太晚了。」

我解除「土壁」，和艾爾一起觀察我們救的同學。

畢竟剛經歷那種事，兩人都還一臉驚訝。

「不過最後表現的機會全被威爾搶走了。話說回來，為什麼你平常不用那個魔法？」

「因為最好也要有魔法以外的攻擊手段，所以必須趁平常練習。」

被狼群包圍的兩人，是我們在預備校的資優班同學。

其中一個人帶著長槍，而從另一個人很稀奇地在雙手裝備手甲來看，她應該是個拳法家。

在這個充滿西洋風格的幻想世界，其實拳法被當成一種流行的戰鬥技術普及。

據說最早是為了在戰場上失去武器時也能空手戰鬥，才會開發出戰場格鬥術，之後以此為基礎，衍生出了許多的流派。

不過，現在大部分的流派都逐漸在衰退，這是因為徒手無論如何都無法和凶暴的野生動物或甚至魔物對抗。

因此一般的流派，大多是被編進維持都市治安的警備隊人員的必須訓練清單中，以這樣的方式

延續命脈。

除此之外，或許就以在冒險者之間普及的「魔鬥流」最為有名。

魔鬥流就如同字面上的意思，是一種將魔力轉換為鬥氣的格鬥數。

因此如果沒有一定程度的魔力，當然就無法使用。

要練到稱得上厲害，至少要有初級到中級左右的魔力。

不過，因為不能保證建立流派的那家人後代一定生來就具備魔力，因此在一般情況下，那些家族似乎都是以傳承招式的型和修練方法為目的。

而且因為是使用魔力戰鬥，所以使用期間不能施展其他魔法。世間也普遍認為這類技術適合魔力和魔法不上不下，或是擅長的系統較微妙的人。

然而，只要透過修行提升魔力的消耗效率，就能以少量魔力長時間發揮超人般的力量，因此許多名留青史的冒險者也都是這種職業。

「呃——你們沒事吧？」

「我們沒事……我記得你是跟我們同班的威德林吧？隔壁領地鮑麥斯特家的八男。」

使用長槍的女孩和我們同年，是一位將長及腰際的火紅秀髮隨便綁在後面，苗條的身材給人類似貓咪印象的美少女，伊娜．蘇珊．希倫布蘭德。

她的老家，在布雷希柏格當地經營一間教士兵們槍術的道場。

雖然名字很像貴族，但其實她的老家並非正式的貴族。

她家的身分是陪臣，而且還因為槍術精湛，代代被布雷希柏格的領主布雷希洛德藩侯任命為指導士兵槍術的師傅。

所謂正式的貴族，是指受到王國任命的人與其家族。因此不只布雷希洛德藩侯和他的家人是貴族，像我老家那樣的弱小騎士也姑且算是貴族。

一旦成為大貴族，就會有身分高貴的家臣和親族，收入也會遠遠超過我們家。

雖然最近不曉得箇中差異的平民變多，但就算搞不懂也不會有人困擾，所以也沒什麼問題。

我記得這位伊娜．蘇珊．希倫布蘭德在自我介紹時，曾說過自己是三女。

陪臣的三女通常沒辦法嫁到同地位的陪臣家，因此她才想成為冒險者自力更生。

其實很多女性都是因為類似的原因成為冒險者。

無法繼承家門的陪臣子女的悲喜劇，和貴族是一樣的。

女性要從軍並不容易，因此對實力有自信的女性通常都會以冒險者為目標。

「那個……謝謝你。」

冷豔型美少女害羞道謝的光景實在太漂亮了。

「謝啦。威爾同學。」

另一位用綽號稱呼我的少女，也跟著向我道謝。

「居然一下子就叫我的綽號。」

看來她似乎有聽見艾爾怎麼叫我。

「不行嗎？」

「我是無所謂啦……」

另一位少女雖然和我們一樣是十二歲，但身材嬌小的她，一不小心就會被看成十歲。

不過既然能靠魔鬥流當上資優生，表示她的實力應該不錯。

雖然藍色短髮底下是張有點偏圓的臉，但看起來仍十分可愛。我記得她應該是叫露易絲．尤蘭妲．奧蕾莉亞．歐佛維克。

既然能記得這些事，或許我的記憶力比想像中好也不一定。

不過包含我自己在內，貴族的名字大多既麻煩又長到沒必要。

聽說她的老家在布雷希柏格教導士兵魔鬥流，是布雷希洛德藩侯家臣的家系。

我想起她在自我介紹時，曾說過自己和伊娜一樣是三女，想靠成為冒險者自力更生。

坦白講，預備校的資優班裡，有許多人都是類似的狀況。

當然，一般班級也有很多這樣的人。

這證明貴族這行並不像講起來那麼輕鬆，就算在這個世界也很難生存。即使是貴族的小孩，要是讓大家都成為貴族，那不管王國有多少預算或領地都不夠。

因此，超出範圍的子孫就會降為平民。

最近王族內的這種例子也開始增加，大家都知道即使出生在王家，仍不能保證絕對安泰。

「你們真的幫了大忙。」

「感謝，感謝啊。」

救到的兩名美少女碰巧都是同班同學，這該不會就是所謂的旗標立起（註：指滿足了引發某種特定狀況的條件）吧？

仔細想想，在日本根本不可能遇到這種狀況。

平凡地度過學生時代的我，從來沒遇過漫畫裡那種主角拯救被不良少年纏上的同班美少女的場景。

話說回來，到底幾年沒有同世代的女性找我說話了？

或許是從還是一宮信吾時，和同公司的同期女性說話以來了。

來到這裡以後，我頂多只有在來布雷希柏格賣肉與毛皮時和中年女客人說話，在圖書館向櫃檯小姐詢問書放在哪，或是跟店裡的女店員點菜。

我應對女性的技能一定已經生疏了。

雖然原本就不怎麼樣。

「魔法真是厲害。」

「我還是第一次在極近距離下看見威爾同學的魔法。」

兩人都握著我的手對魔法表示驚嘆。

即使外表比日本人成熟，我還是被區區十二歲的小女孩弄得臉紅心跳。

這大概是受到不擅長應付女性的內在，以及威德林的身體年齡的影響吧。

「那個……我好歹也救了妳們。」

「不好意思。其實艾爾同學也很厲害……」

「魔法這種東西真的太犯規了……」

艾爾看著瞬間打倒十隻狼的我，嘆了口氣。

「哎呀，真是幫了大忙。」

名叫露易絲的少女邊道謝邊黏著我。

雖然道謝時語氣隨便，不過也許與狼的死鬥還是嚇到她了。

儘管和我們同年齡，但稚嫩的外表仍讓她的行動顯得非常自然。

至於被貼上時，我因為感覺到她的體溫和味道而有些心跳加速的事情，還是暫時保密好了。

看來長達七年的孤單生活，果然讓我應付女性的能力大幅下降。

「露易絲，這樣會給威德林添麻煩吧。」

「是嗎？他應該有點高興吧？」

雖然這兩個人同年齡，但在角色分配上，露易絲似乎是天真無邪的妹妹，而伊娜則是可靠的姊姊。

勸諫露易絲的伊娜，看起來比實際年齡稍微成熟一點。

所謂的冰山美人，應該就是指這種女孩吧。

「拯救美少女危機的年輕魔法師。之後兩人之間……」

「居然自己說自己是美少女……」

「這種事情是先講先贏。再加上伊娜，就是三人之間……」

「我也是嗎？當然我是很感謝啦。」

「威爾同學如果被伊娜這種女孩道謝，也會覺得臉紅心跳吧？」

「唉，正常來講是如此。」

「喂，都不跟我道謝嗎？」

雖然同樣有幫忙的艾爾不知為何有點被冷落，但在這起突如其來的意外之後，我們和兩位美少女成了朋友。

回收完能賣的狼毛皮後，我們四人回到布雷希柏格。

「不過，妳們真的不要狼的毛皮嗎？」

「沒關係啦，就當作是救了我們的謝禮。」

「或許還稱不上謝禮呢。畢竟有一半以上都是被艾爾同學和威爾同學打倒的。」

其實我們趕到時，現場已經死了八隻狼。

她們靠自己的力量打倒了八隻狼。

不過她們的體力也在這時候到達極限，無法繼續打倒狼，只能持續防守。

我認為先被打倒的那八隻狼的毛皮應該是屬於她們，但兩人卻將那些毛皮當成救助的謝禮送給我們。

我往旁邊一看，就發現艾爾一臉非常開心的樣子。大概是為收穫增加感到高興吧。而且站在她們的立場，應該也不想欠我們人情。

既然如此，這時候還是坦率收下比較好。

雖然不能說是回禮，但我提議請她們吃晚餐。反正我原本就欠艾爾一頓晚餐。考慮到入手的毛皮，即使一個人變成三個人也沒什麼差別。

「哇——！省一餐的錢了。」

「露易絲，妳這孩子……不好意思喔。」

在兩人答應後，我們先將獵物放到預備校指定的由冒險者公會經營的收購所，然後移動到預備校附近的餐廳。

以前我曾經裝成住在布雷希柏格附近的農民，利用商業公會的會員證在市集賣獵物，不過現在只要帶去指定的收購所，所以非常輕鬆。

基於以前的習慣，我本來還以為要先解體，不過收購所有專業的解體師傅，因此預備校反而提醒我們這些外行人別擅自解體。

這似乎是因為由技術差的人解體，會害價格下降，但我也因為節省工夫而樂得輕鬆。

此外，我在採購所的櫃檯還遇見了認識的商業公會職員。

在櫃檯被叫到時，我本來還擔心不妙，但對方看起來並不在意。

事後艾爾跟我說明「扮成農民小孩做副業的貴族小孩，在這裡根本就不稀奇。我也做過一樣的事情」。

我本來還擔心要是被人發現我基於犯罪目的使用假名會很麻煩，但據說貴族小孩打工用的假名能夠確認身分，反而令人安心。

進一步而言，據說專業的公會職員只要看一眼，就能知道對方是農民或貴族的孩子。這部分只能說真不愧是專業人員。

的確，那位商業公會的職員後來也沒向我搭話。

「七號號碼牌的客人。」

「有。」

結果一頭豬連毛皮賣了三枚銀幣，合計八隻的兔子連毛皮賣了四枚銀幣，三隻珠雞賣了三枚銀幣。

剩下的狼雖然肉不能吃，但毛皮的需求量意外地多，所以二十隻份的毛皮賣了六枚銀幣。

今天合計賺了十六枚銀幣，一人八枚。換算成日圓，就是八萬圓左右吧？

儘管難以想像是打工會有的金額，但這也是多虧我們特地跑到遠方的獵場。在城鎮附近狩獵的人們，正常來講只能賺到這一半的金額或甚至空手而回。

而且既然是到遠處的無人地帶狩獵，危險自然也會跟著增加。

最後導致像今天這兩位小姐那樣的結果。所以報酬才會比在附近賺錢高。

「原來傳聞是真的。」

「傳聞？」

「嗯，聽說鮑麥斯特家的八男，會使用很強的魔法。」

抵達預備校附近那間學生們常光顧的餐廳後，我們挑了一張裡面的桌子，點了四人分的今日推薦晚餐。

雖然一人份一枚銅板有點貴，但內容有放了許多肉的濃厚燉菜、炸河魚、新鮮沙拉，以及兩片柔軟的白麵包，飲料可以選擇茶或咖啡，另外還附了一個蘋果派當點心。

這內容確實值這個價錢。

「不好意思啦，讓你請這麼貴的一餐。」

「畢竟是艾爾賭贏了。」

「不好意思，讓你連我們一起請。」

「反正今天的收入豐厚。」

因為肚子也餓了，我決定先解決眼前這些溫暖的餐點。

等連甜點都吃完後，我們一面享受餐後的紅茶或咖啡，一面聊天。

「不過真是一場災難呢。」

「那個……因為我們在獵一頭大豬時花了太久時間。」

在艾爾的慰問下，露易絲開始說明她們為何會被那麼大群狼包圍。

雖然她們和我們一樣，運氣很好地在遠離城鎮的地方發現了一頭大豬，但似乎因為在處理時費了太多工夫，才會讓血腥味引來那些狼群。

而且先被她們打倒的八隻只是第一群，後來的十二隻是第二群。

即使是資優生，她們畢竟只有十二歲。

連續遭遇兩批狼群，這負擔對現在的她們來說還太重了。

「而且我們其實是第一次打獵。」

按照伊娜的說法，她平常都是在道場訓練，沒有和別人一起狩獵的經驗。

所以才會在體力分配上出錯。

「妳們以前沒有打獵過？」

「威爾，其實這沒什麼好意外的喔。」

「是這樣嗎？」

「嗯。對住在城裡的貴族或陪臣來說，這還滿正常的。」

如果老家是像我和艾爾那樣的鄉下地方，那即使是貴族也會打獵。

因為以農務優先，所以獵人不多，再加上不會有冒險者來，因此才會被當成鍛鍊武藝或興趣的一環。

「住在城裡的貴族或士兵，總不能搶獵人或冒險者的工作吧？就連弓箭訓練，都有正式的作法。他們會在庭院設置箭靶，持續朝那裡射箭。至於興趣和娛樂，也是要多少有多少。不過還是有一定人數的貴族，會把狩獵當興趣啦。」

看來長年的孤單生活，對我的影響還是很大。

和艾爾不同，我對其他貴族的事情幾乎完全不了解。

「如果是單獨行動的狼，那還不足以讓受過一定訓練的人陷入苦戰。不過牠們只要聚在一起，危險度就會一口氣上升。要是平常沒在狩獵，意外地不會知道這些情報。」

狼可怕的地方在於會集體發動襲擊，即使打倒其中幾隻或讓牠們負傷，自己也會在不知不覺間受傷，逐漸喪失體力，也常有人因此在最後丟了性命。

「而且妳們組隊的方式錯了。」

使用槍的伊娜，和使用魔鬥流的露易絲。

因為兩人都是屬於前衛型，所以艾爾建議至少要有一人準備弓。

「就這方面來看，我是使用劍和弓，威爾會使用弓與魔法。所以非常平衡。」

「我覺得這和平衡無關。」

「為什麼？希倫布蘭德。」

「叫我伊娜就好。我說啊，雖然你的劍術的確很優秀，弓箭也用得很好。不過威德林的魔法實在太厲害，所以這些根本就沒影響。如果是威德林，就算隨便找個孩子搭檔，結果還是會一樣吧？」

「說得也是。我能理解伊娜的意思。威爾同學的魔法，已經是超一流冒險者的等級了。」

露易絲也贊同伊娜的發言。

「不然根本無法用魔法箭同時殺掉十隻狼。不只魔力量，就連魔法的精密度也已經到專家等級了。」

的確就如伊娜所說，我對魔法的精密度還滿有自信的。

畢竟我可不是平白被家人冷落和持續特訓魔法六年以上的時間。

沒錯，我以孤獨為糧食，將一切都賭在魔法的鍛鍊上。

絕對不是因為我沒其他的事情可做。

而且儘管期間不長，但我還有一個曾經照顧過我的偉大師傅。

多虧他的教導，我才能有效率地鍛鍊魔法。

「雖然我不會說這樣狡猾，但艾爾在夥伴方面真的是壓倒性地受到眷顧。」

「沒辦法。這只能說是運氣。」

如果是一般人這麼說，通常會讓人覺得不敬，但艾爾就是有股不可思議的魅力，他的性格不容易樹敵，非常讓人羨慕。

而且艾爾說的也是事實。

雖說是偶然，但我們只是碰巧在入學典禮後成為朋友。

更何況艾爾目前也算是個劍術優秀的高手。

在弓術方面，就算說他已經能獨當一面也不誇張。

我從來不覺得他有扯過我的後腿。

「艾爾文說得沒錯。」

「的確。這也算是運氣。萍水相逢也是有緣啊。」

「我和露易絲負責前衛，艾爾文視狀況用劍當前衛或用弓當後衛。再加上用弓或魔法當後衛的威德林。我們就能組成非常平衡的隊伍。」

「總覺得我們好像擅自被當成一隊的了……」

女孩子這種生物，在可愛和柔弱的背後也兼具了強悍。

儘管這是前世也多少經驗過的事實，但我似乎還是有點太小看她們了。

隔天，我和艾爾一進預備校的教室，馬上就被擔任班導的公會職員叫住。

「鮑麥斯特，阿尼姆。我從希倫布蘭德和歐佛維克那裡收到隊伍申請書了。」

「啊？」

在入學典禮時，的確曾說明過關於組成隊伍的事項。

冒險者存活的訣竅，除了自己的實力以外，就是找到好的夥伴。

因此難得就讀預備校，就應該趁這段時期和一起念書和訓練的同伴組成良好的隊伍。

名叫隊伍申請書的東西，就是為了這個目的存在。

只要利用這個申請，之後舉行隊伍實習時，就會以申請的隊伍為優先，站在預備校的立場，能知道這些成員在打工狩獵時會一起行動，也會比較安心。

「你們的隊伍還滿平衡的。看來值得期待喔。」

「那些傢伙……」

（這應該就是輕小說常提到的旗標立起吧？）

唉，反正她們看起來不像壞人，一直單獨或和身為男性的艾爾行動也沒什麼意思，總之我決定先看看狀況再說。

中場四　同年級的魔法師

（好厲害……）

我——伊娜．蘇珊．希倫布蘭德只能驚訝不已。

在我因初學者常見的失誤和好友被狼群包圍時，突然有人用「土壁」和「魔法箭」救了我們。

透過和槍術修行一起鍛鍊的動態視力，我也有看見兩隻普通的箭飛過來射死了兩隻狼。

不過，就連這平常應該會覺得厲害的弓術，在那魔法面前都顯得遜色。

儘管原因不明，但因為才能的關係，魔法師的數量極度稀少。

聽說在那當中，能成為厲害魔法師的人更是少之又少。

實際上在我家侍奉的布雷希洛德藩侯僱用的魔法師中，應該也只有身為首席魔法師的布蘭塔克大人能使出和剛才那個魔法匹敵的招式。

而且他還是曾以一流冒險者的身分活躍三十年以上，因為討伐過龍而受到王國表揚的人物。

能使出和那種人物匹敵的魔法的人，到底是誰？

抱著這樣的想法，我開始尋找施展魔法的人。

然後發現和我一起上冒險者預備校的同學。

剛才使用魔法的，應該是和我同年齡的同學，威德林・馮・班諾・鮑麥斯特。

（沒想到他的實力居然如此堅強……）

在進入冒險者預備校時，我曾經聽說過一個傳聞。

我家侍奉的布雷希洛德藩侯的附庸，被稱作「山另一頭的貧窮騎士家」的鮑麥斯特家的八男，靠展現魔法通過了資優生考試。

如果只是入學就算了，因為靠魔法通過資優生考試非常困難，所以自然會掀起話題。

畢竟無論魔法再怎麼貴重，這世界還是不至於天真到讓只能叫出火種或一杯水的人成為資優生。這點程度的魔法，在討伐魔物時根本派不上用場。

既然能通過資優生考試，就表示他應該有一定程度的實力。

而他在實技測驗中靠施展什麼樣的魔法合格的情報，當然也傳到了布雷希洛德藩侯家。

這是因為布雷希洛德藩侯家也有介入預備校的營運。

然後正因為有關係，所以情報反而不會流到我這種小角色這邊。

這間預備校的學生中有很多貴族子弟，之所以隱匿這些情報，是為了不讓他被其他貴族盯上。拜此之賜，就連我家也只收到片斷的情報。

畢竟我家的地位，其實並不怎麼高。

預備校的入學典禮結束後，我也靠槍術參加了資優生考試，之後我便和同樣靠魔鬥流通過資優生考試的青梅竹馬露易絲，一起觀察傳聞中的鮑麥斯特家八男。

當時他正和隔壁一位叫艾爾文的男孩融洽地聊天。

由於推測他應該能使用初級到中級程度的魔法，其他同學也都對他投以熱烈的視線。

只要能和他搭檔，就能狩獵大目標或值錢的魔物，所以大家都想讓他加入自己的隊伍。

不過他只和艾爾文說話，幾乎沒和其他同學——特別是女同學說過話。

莫非他不擅長應付女孩子？

而且還有另一件讓人困擾的事情。

因為以資優生身分入學的魔法師就只有他，所以魔法的實技課程就取消了。

預備校姑且也有魔法的講師，但只是個超過八十歲，很少來預備校的老人。說來殘酷，但這似乎是因為魔法師不足的狀況非常嚴重，所以很少會有現職的魔法師來當預備校的講師。

拜此之賜，鮑麥斯特家八男的魔法實力至今仍然不明。

即使他上課認真，又經常和艾爾文說話，但果然除非有事，否則他完全不會和女生說話。

我也只跟他說過一兩句話，就連那個露易絲都說「想要有和他來往的契機」。而能當成契機的東西，大概也只有在預備校允許的狩獵中努力取得好成績。

如果成績優秀，或許對方會主動過來邀約，或是自己要去挖角也比較容易。

其他同學們也都轉換成這種想法，拚命準備狩獵。

我也重新下定決心，要和露易絲搭檔取得好成績。

「伊娜說得沒錯。我們要做出成績，讓他覺得值得和我們組隊。」

雖然我們在決定好作戰方針後努力狩獵，但鮑麥斯特家的八男最後好像果然還是和艾爾文一起組隊狩獵。

莫非他不擅長應付女孩子？

儘管我們下定決心開始狩獵，但卻因為太貪心而沒分配好體力，被狼群包圍。

或許是我因為從小就被說有槍術的才能，在資優生中也算是成績頂尖，所以才會因此大意。

「伊娜。狀況有點不太妙。」

露易絲也和我一樣沒分配好體力，陷入疲憊。

（這樣下去，或許真的會完蛋。）

就在我這麼想的瞬間，突然有兩隻箭從我們後面飛過來，刺進兩匹狼的頭部。

（技術真不錯。）

看來似乎有人來救我們了。

稍微鬆了口氣後，這次換有土牆包圍我們，完全遮斷了狼的攻擊。

（咦？魔法？）

看來我們因為魔法的支援而獲救了。

等土牆消失後，眼前只剩下狼全滅的屍體，和傳聞中的鮑麥斯特家八男與艾爾文。

（這就是露易絲說的契機？）

雖然腦袋裡這麼想，但實際見面時卻說不出話來。

即使沒因第一次被男孩子救而臉紅心跳，也無法做到像露易絲那樣的我，不自覺地問了蠢事。

「我們沒事……我記得你是跟我們同班的威德林吧？隔壁領地鮑麥斯特家的八男。」

連我自己都覺得這樣很糟糕。

明明是有說過話的同班同學，居然還問人家這種事。

我果然不適合像一般女孩那樣道謝。

迫於無奈，我只好將事情交給擅長這種事的露易絲處理。

「那個……謝謝你。」

雖然之後我有馬上道謝，但多少還是感到有點自我厭惡。

沒想到自己居然會被同班同學拯救。

坦白講，要不是有他們的幫忙，狀況真的很危險。

我們對自己似乎有點過度自信了。

「不過，妳們真的不要狼的毛皮嗎？」

雖然託露易絲的福，我們總算讓他有了好印象，但感覺救了我們的鮑麥斯特家八男與其說是少根筋，不如說看起來有點怪怪的。

他不僅完全沒擺出恩人的態度，甚至還問我們要怎麼分配獲得的毛皮。

（真是個怪人……）

不只如此，他甚至還說要用今天賺的錢請我們吃飯。

他該不會是個好人吧？

畢竟他可是那個有名的貧窮騎士爵家的八男。

照理說他平常的生活，應該比我們窮很多才對。

雖說是陪臣家的女兒，不對，正因為是這種立場，我才更清楚鄰近弱小貴族家的財政狀態。

正因為知情，所以才會覺得有點難過。

這個和平的世界沒有戰爭，正因為如此，無論王族、貴族或甚至陪臣，都必須設法在戰爭以外的領域做些什麼。

無法繼承家門的孩子們都擁有共通的悲哀，而且和能夠從軍的男性不同，女性就連出路都非常狹窄，不是想辦法嫁到好人家，就是設法像我這樣以冒險者的身分維生。

只不過以我的身分來說，前者實在過於困難。

頂多只能當退休的老年貴族的妾或繼室，就算成為小領地貴族的妾，大概也只能排第三到第五。

在下嫁的人當中，能嫁給商人就算是運氣很好了，甚至還有人只能死心地嫁給豪農。

既然如此，那不如以冒險者的身分獨立還比較好。

有人曾脫口說出「難道都沒有戰爭嗎」這種危險的話，但我相信應該也有人在心裡表示贊同。要是貴族能因為戰爭而減少，或許就有機會輪到我們出場了。

「叫我伊娜就好。我說啊，雖然你的劍術的確很優秀，弓箭也用得很好。不過威德林的魔法實在太厲害，所以這些根本就沒影響。如果是威德林，就算隨便找個孩子搭檔，結果還是會一樣吧？」

難得大家有機會一起吃飯，我卻不自覺地對鮑麥斯特家八男的夥伴艾爾文說出了多餘的話。

雖然還在觀望的人很多，但聽說已有許多預備校學生盯上了會使用魔法的鮑麥斯特家八男。

男生是把他當成候補隊員。

女生是把他當成優秀的婚姻對象。

儘管感覺為時過早，但這種事情就是一種競爭。

特別是在冒險者預備校就讀的貴族子弟，可以說有一半已經是平民了，因此為了自己的將來，大家都非常拚命。

雖然講這種話可能讓人覺得我們瞧不起平民，但大家現在正面臨會不會失去自己生來就擁有的身分與待遇的關鍵時期。

不僅會變得特別拚命，甚至還有許多人想對別人落井下石。

其實貴族的世界非常難生存。絕對無法只靠漂亮話活下去。

（只要能和威德林組隊，順利的話……）

因為是優秀的魔法師，運氣好或許會被封為貴族，即使並未如此，也能確保收入優渥的生活。

若能夠成為哪個貴族家的專屬魔法師，子孫甚至還有機會建立陪臣的世家。

男子能成為家人或侍衛，女子當然是成為妻子。

即使是在冒險者預備校，還是有許多人在這裡尋找第二個人生。

雖然是非常現實的話，但貴族或陪臣的次男、次女以下的孩子們，根本就不能在這裡悠閒過活。

必須要有先動手的先贏這種程度的厚臉皮才行。

能繼承家門和領地的長男，以及能嫁到好人家的長女，應該會在背後批評我們這種想法吧。

不過那是因為他們站在受惠的立場。

反正冒險者預備校的貴族子弟，其實已經有一半沒被當成貴族了。

只能以冒險者的身分，賺到和身分無關的大筆金錢，或是闖出名氣讓貴族僱用。

不然就是在感到極限時退休前往開拓地，或是自己開始經營小生意。

倒不如說，大部分的人都是如此。

王國內也有很多平民階級自稱曾是貴族的子孫。

因為命名並未受到身分的限制，所以平民中也有很多人的名字像貴族。

只是一般都會有所顧慮，不願意自報姓名而已。

「我討厭那種生活。」

吃完晚餐後，和威德林道別的我們，走在回家的路上。

我旁邊的青梅竹馬露易絲也一樣，等成年就必須離開家。

雖然也能選擇留下，但這就表示無法拒絕父母幫自己談的婚事。

除非奇蹟發生，否則不可能遇到好婚事，即使對象是超過七十歲的老人，只要留在家裡就無法拒絕。

幾乎等於是附贈的三女如果成人後還想留在家裡，就是這個意思。

「伊娜頭腦好，所以想得很多呢。」

雖然因為外表稚嫩而不常被這麼想，但其實露易絲比我聰明多了。

就算既是鄰居，又是立場相似的青梅竹馬，讓我們成為好友的原因，還是內心深處和彼此相似。

「我覺得我們得到機會了。」

「嗯──妳是指威爾同學的事情吧？」

即使難堪地被同齡且同樣打算成為冒險者的同學從狼手中救出，但這並不表示我們非常弱。即使換成其他資優生，大概也會是相同的結果。

簡單來講，就是威德林太強了。

「伊娜長得很漂亮，所以應該能吸引威爾同學吧？」

「才沒這回事。」

我從小就常被周圍的人稱讚臉長得漂亮。

雖然我不認為原因全都出在學習槍術身上，但我也經常被人說瞇起眼睛時很恐怖。再來就是只要一開始想事情便會變得寡言，看在無法理解我在想什麼的男性眼裡，應該只會覺得我是個偶爾講話很毒的女孩子。

我實在不覺得自己會是威德林喜歡的類型。而且我又是標準身材，不如說外表可愛的露易絲還比較受男性歡迎。

「可是我個子很小。」

「也有人就是喜歡這種類型。」

「我還以為伊娜突然想說什麼。雖然體型將來會隨著年齡變化，但即使伊娜有機會變好，我可能還是沒什麼希望……」

即使如此，威德林還是有可能喜歡露易絲這種類型的女孩。

把我一起加進去，就有兩種類型了。選項這種東西還是愈多愈好。

不過，總覺得自己講這種話也沒用。

「開玩笑的啦。總之現在光是能成為朋友和一起組隊，就已經算很好了。」

露易絲偶爾會乾脆地計畫很誇張的事情。

根據規定，預備校的學生在畢業前不能進入魔物的領域。

不過例外是從每年後半開始，由熟練隊伍擔任教官的實習。

為此大家都會事先組好隊伍，再透過狩獵確認彼此的默契，而無法做到這點的人就算被說沒資格當冒險者，恐怕也無法反駁。

所以大家都認為現在是重要的時期。

「競爭者應該很多。」

「對啊。只要有威爾同學在，就能大幅領先別人，別看艾爾同學那樣，他也是名厲害的劍士。」

話雖如此，也只有笨蛋才會突然就提出組隊邀請。

即使沒實力的人突然邀別人組隊，看在實力高超者的眼裡，也只會覺得是「請收留我這個礙事的累贅」。

「如果冷靜下來思考，我們又是如何？」

「嗯……」

坦白講，應該不會比其他資優生差。

畢竟我們兩人的入學成績都是前五名。

「想再多也沒用，還是先交申請表吧。」

「露易絲，妳這個人啊……」

我的好友露易絲，就是個偶爾會像這樣靠直覺採取行動的人。

不過，那些結果通常意外地都不壞。或許她的直覺非常敏銳。

「不行的話，對方應該會撤銷啦。」

「為什麼妳的行動這麼積極……」

於是我們抱持賭一把的心情，提出了四名隊員的組隊申請。

然而就在隔天提交組隊申請表時，班導塞克特老師意外地沒有反對。這讓我嚇了一跳。

「入學排名前五名內的四個人啊。戰力平衡也不錯，畢竟這種事情攸關性命。總不能為了讓別人累積經驗，就要你們和成績較差的人組隊。」

因為攸關性命，所以身為前冒險者的塞克特老師，才沒辦法要成績優秀者和較差者組成實力平均的隊伍。

而且我們還不是職業的冒險者，只是不成熟的實習生。

讓排名接近的人組隊，讓成績較差的人透過狩獵累積經驗，以及進行能讓他們將來有辦法對付魔物的訓練。這才是正確的預備校的目的。

「優秀隊伍當然是愈多愈好。把申請表拿去交給總務吧。」

隊伍申請意外乾脆地就通過了。

唯一的問題，是關鍵的威德林他們該不會什麼都不知道吧？

感覺那才是最大的問題。

「放心啦。」

另一方面，露易絲看起來一點都不擔心。某方面來說，這女孩真的是個大人物。雖然被擅自編入我們隊伍的威德林他們也一樣……

「吶，艾爾。」

「雖然我不是完全沒有意見，但和成績不佳的人組隊也沒什麼意義。大概就這樣吧。」

「是這樣嗎？」

「冒險者也和其他工作一樣。如果合作後發現不行，就解散再重新組隊。又沒有規定一輩子都要待在同一隊。」

「這麼說也有道理。」

雖然威德林似乎有點搞不清楚狀況，但艾爾文的想法倒是極為現實。

反正申請已經通過，如果合作後發現不行，再另外想辦法就好。

實際上，即使是一流的冒險者隊伍，也百分之百不可能一直維持和初期一樣的成員。

大家都是反復組隊和解散，替換部分的成員，不斷讓隊伍變好。會抱持這樣的想法，可說是人之常情。

「算了，這樣也好。那麼，請多指教啦。」

「請多指教。」

「請多指教。」

「……請多指教（優秀的魔法師，都這麼不拘小節嗎）。」

姑且不論自己的好友，既然威德林是非常了不起的人物，我下定決心得先努力不讓自己扯後腿才行。難得有這個機會，這也是當然的。

畢竟他是救過我們的王子殿下。

中場五　某位少女的君主家與老家

雖然我覺得我們這樣行動就行了，但實際上布雷希洛德藩侯家又是怎麼想的呢？

明明未成年卻能使用那種程度的魔法，考慮到未來性，自然應該會想先下手為強。不如說若做不到這點，就算被人說沒資格當大貴族也無可奈何。

不過，現任布雷希洛德藩侯在這方面應該非常優秀才對。

他在我剛出生不久，就當上了布雷希洛德藩侯家的當家。

因為至今仍常被老一輩的家臣提及的那起悔恨的失敗。

他在二十歲前就繼承了因遠征魔之森失敗而戰死的前布雷希洛德藩侯的地位，一面忍耐統治其他領域的大貴族，或周邊那些從以前就相處得不融洽的附庸們的干擾與干涉，專心統治領地，這也為他贏得了比上一代還優秀的評價。

然後，關於魔之森遠征失敗的事情，其實很少人真的相信布雷希洛德藩侯家是基於鮑麥斯特家的請求，這種表面上的原因。

在傳來前代當家戰死，其他軍隊幹部和軍隊也幾乎全滅時，聽說還有人在聽了報告後吐血。

那就是現任布雷希洛德藩侯的哥哥，長男丹尼爾大人。

擁有天才般的頭腦，受到前代當家寵愛的他，似乎得了不治之症。

病情已經十分嚴重的他，在收到報告後大喊『明明布雷希洛德藩侯家只要有阿瑪迪斯在就不會有任何問題！父親這個笨蛋』，就這樣猝死了。這真的是只能用悲憤而死來形容。

然後，是關於據說能治療他的疾病，由可能住在魔之森的古代龍血製成的靈藥的傳聞。

寫到這裡，應該誰都能猜到完整的劇情。前代當家為了拯救罹患不治之症的長男進行無謀的遠征，並利用宗主的立場，請求鮑麥斯特家派出援軍。

在這種情況下，其實已經可以說是強制了。從家的實力來看，根本就不可能拒絕。

然後，遠征徹底地失敗了。

雖說是不屬於國軍的諸侯軍，但在這個沒有戰爭的時代居然出現近兩千名的戰死者，王宮和其他貴族們不可能不談論這件事情。更何況在戰死者中，還包含了現任當家。

當然，為了大貴族的尊嚴，他們必須盡可能隱蔽事實。

布雷希洛德藩侯是基於鮑麥斯特家的請求，才會接受這場遠征，只是錯估在魔之森棲息的魔物實力，才會造成莫大的犧牲。

只要對事情有一點了解，馬上就會發現這種說明是謊話。

不過，這種謊話偶爾會變成事實。

對王宮而言，統括南部的布雷希洛德藩侯家的混亂，只會對南部平穩的統治造成妨礙。

所以他們什麼都沒對布雷希洛德藩侯家說。

無論是曾進行遠征的事情、鮑麥斯特家主動要求的謊言，還是這一切都是為了重病兒子的事實，他們都既不肯定也不否定。

而且也沒打算對被迫背黑鍋的鮑麥斯特家給予任何懲罰。

大家雖然都隱約知道真相，但絕對不能說出來。

看在仍是孩子的我的眼裡，這就是所謂骯髒的政治世界的事情。

儘管可憐的是鮑麥斯特家，但據說布雷希洛德藩侯大人也因此在給士兵們的補償金和交易上給了他們一點方便。

雖然損害了他們的名譽，但仍不忘以金錢和現實的利益加以填補。

因此布雷希洛德藩侯家的家臣或士兵，應該很少有人對鮑麥斯特家心懷怨恨。畢竟許多事情就算說了也沒用。

偶爾似乎也有只能將失去家人的憤怒矛頭指向他們，或是真的愚蠢到連真相的傳聞都不知情，認真非難鮑麥斯特家的人。

我對鮑麥斯特家的人並沒有什麼特別的心結。

就算跟我講那種剛出生時發生的事情，坦白講也只會讓我感到困擾。

父親和哥哥們因為失去了幾十名道場的弟子，所以心裡或許還有點疙瘩也不一定。

至少我從來沒聽他們公開談論過這些事。

我的老家，希倫布蘭德家是以槍術師傅的身分，代代侍奉布雷希洛德藩侯的家系。

作為騎士修養的武藝，如同貴族在被任命時宣誓的話一般，平常看起來體面的劍術受到非常大的重視。

平常參加儀式時，身分高貴的人物也會配戴既昂貴又美麗的劍。

不過在實際的戰場上，還是較為重視能遠距離使用的弓，和攻擊範圍較長的槍。

戰場上絕大部分的死傷者，都是由這兩種武器造成的。

故事裡常提到的騎士間用劍一對一的對決，平時根本沒那麼常發生。

因此，實際上指導槍術的武官，地位和待遇都比較高。

不過，家裡的狀況還是沒富足到能讓三女悠閒生活的程度。

三女就連嫁到相同的陪臣家都很難，所以我從小就為了自立而學習槍術。

幸好我似乎算是有這方面的才能。連父親也常遺憾地說「要是妳是男的就好了」。

雖然技巧方面仍敵不過父親，但其實我擁有比一般人略多的魔力。

只要稍微訓練，一天就能產生幾杯分的水。

儘管效果不大，但其實這個魔力非常有用。

只要讓這個魔力一點一點地在自己的體內流動，就能強化我的身體能力。

拚命訓練這項技術後，我在實戰形式的模擬比賽中已經不輸給父親或哥哥們了。

不過，這同時也產生了另一個遺憾的結果。父親和哥哥們開始疏遠我。

我知道他們仍將我當成女兒或妹妹疼愛。不過，在槍術道場的弟子方面的關係卻日漸疏遠。

如果我是男性，至少還能選擇靠這個技術留在老家當師傅。

遺憾的是，我是女性。

身為三女，我並不算是個優秀的新娘，而槍的技術和嫁人又完全無關。

倒不如說，因為誰都不想被人笑是比妻子弱的丈夫，所以反而沒人會想娶我。

因為這些原因，我——伊娜．蘇珊．希倫布蘭德進入冒險者預備校就讀。

我靠自豪的槍術，參加了資優生考試。

再來只要想辦法和露易絲一起以冒險者的身分獨立，就不會給家裡添麻煩了。

因為我還是非常感謝他們至今養育我的恩情。

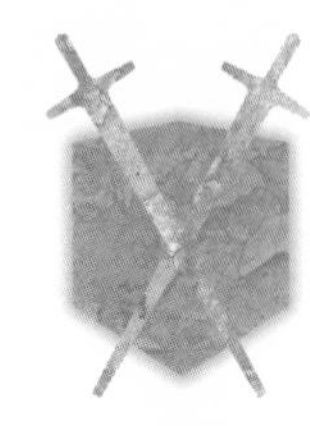

第八話　現任布雷希洛德藩侯

「哎啊，今天也是大豐收呢。」

「主要還是因為獵到一頭熊。」

「就是啊。艾爾同學那致命的一擊真的很漂亮。」

「呵呵，我可是有好好計算不會傷到熊膽的位置呢。」

不知不覺間，我們加入了從狼群底下救出的兩位美少女的隊伍，但不知為何，我似乎成了新隊伍的隊長。

雖然我前世連班級幹部都沒當過，但實際當過後我才發現，其實意外地沒什麼工作。

放學後，我們四人盡量前往沒什麼競爭對手的遙遠獵場，再讓我用「探測」尋找獵物。

簡單的獵物就隨意交給適合的成員狩獵，較大的獵物就活用隊伍的特性，四人一起戰鬥。

儘管一開始對新加入的兩人感到有些不安，但看來那次狼群事件主要是因為運氣不好。

即使有豬衝向自己，伊娜也能靠精湛的槍術準確命中豬的頭頂，將牠一擊斃命，露易絲則是能利用消除氣息靠近敵人的特殊技能，輕易抓住連職業獵人都不容易獵到的珠雞。

四人一起行動時，即使被狼群或複數的熊襲擊也不必驚慌，效率和收入也會跟著變好。

現在我們四人已經會理所當然般的一起出去狩獵。

「今天也去木葉亭吃晚餐吧。」

「今天的推薦菜單是什麼啊？」

就在我們將獵物留在收購所準備去吃晚餐時，我發現擔任班導的老師從預備校校舍朝我們走過來。

他是公會的中堅職員，過去似乎是個實力相當堅強的冒險者。

雖然可惜最後被迫因傷退休，但仍像現在這樣繼續指導後進。

他今年三十七歲，已婚並育有兩個女兒。

要養活家人應該很辛苦吧？

冒險者公會的工作雖然安定，但月薪也是出了名的低。

「喂——你們幾個。」

「塞克特老師，有什麼事嗎？」

「嗯，有人透過預備校送了這東西過來。」

班導拿著四個信封，我將其中寫給自己的信拆封後，發現裡面裝了園遊會的邀請函。

「園遊會嗎？」

「主辦人是布雷希洛德藩侯，所以一定要出席。」

「我知道了。」

不知為何，我們似乎被迫出席布雷希洛德藩侯主辦的園遊會。

「不過，為什麼會招待我去園遊會呢？」

「因為威爾同學的老家，是布雷希洛德藩侯家的附庸吧？」

三天後的假日上午，我們四人稍加打扮後，便準備前往園遊會的會場。

我和艾爾今天穿的是緊急訂製的貴族用禮服。

順帶一提，價格是兩枚銀板，換算成日幣約二十萬圓，我和艾爾都為這筆臨時花費感到心疼不已。

伊娜和露易絲因為老家有禮服，所以不必重做，但被迫花錢買搭配的首飾和鞋子的她們，果然也同樣非常心疼。

兩人還一起哀嚎著：「用來買新裝備的儲蓄……」

難得生為漂亮的女孩子，我覺得她們其實可以開開心心地好好打扮一番。

「這麼說也對，我家好像的確是布雷希洛德藩侯的附庸。」

「說什麼好像……」

「畢竟和我沒什麼緣分。」

雖然曾經因為對方吃過大虧，但宗主還是宗主，沒辦法輕易切斷緣分，或許這也可以說是弱小貴族的悲哀？

然而仔細回想，我完全不記得父親或哥哥有參加過這類園遊會或派對。

倒不如說，他們甚至從來沒離開過領地。

畢竟要越過一座山脈才能出席，所以這也是理所當然。

「布雷希洛德藩侯應該也不想因為不重要的園遊會或派對，為鮑麥斯特家造成多餘的負擔吧。」

我想露易絲的推測應該沒錯。

不過，依賴對方的好意而錯過交際機會的父親和哥哥，果然還是不太適合當貴族。

關係和人脈，都有花上一生建立的價值。

在我的前世，就連快邁入老年的公司顧問都會特地在朝會時如此強調。

「這次剛好威爾人在布雷希柏格，所以才會請你當代理人吧。」

「代理人啊……」

因為必須等成年後才能自己宣布放棄鮑麥斯特家的繼承權，所以我目前姑且仍算是貴族的一員。

狀況和我相近的艾爾應該也是基於同樣的原因被叫去，而伊娜和露易絲原本就是布雷希洛德藩侯陪臣的女兒。

這兩人都以優秀的成績進入冒險者預備校，因此布雷希洛德藩侯也可能是想趁現在招攬她們。

貴族真的是不管做什麼，都會在背後計畫各種事情的生物。

不過這些終究只是我的想像。

派對地點，是在布雷希洛德藩侯位於布雷希柏格市中心的自家庭園。

不愧是領主家的庭園，那裡似乎寬廣到能夠容納數百位客人，讓他們悠閒地用餐、喝酒或暢談。

布雷希洛德藩侯似乎每年都會辦一次這種園遊會，招待內外貴族與其家人、陪臣與其家人、平常有往來的商人，以及各種公會或教會的關係人士。

此外，冒險者預備校的校長和部分講師，以及擁有貴族身分的學生們，也都不分班級地被叫來了。

我也在這裡看見了幾張熟悉的臉孔。

「像這種時候，就能確認自己真的也是貴族呢。」

「艾爾以前有參加過這種派對嗎？」

「多少啦。我家也有宗主。那個宗主也會定期舉辦派對。」

雖然艾爾是優先順序較低的五男，但還是出席過幾次這類型的派對。

「不過，不愧是身為南部首席貴族的布雷希洛德藩侯家的派對，食物和酒都非常豪華。我家的宗主是子爵，所以菜色就差了一點。」

艾爾邊說邊積極地對料理出手。

我也不是不能理解他的心情。

畢竟我們才剛支出了一筆足以奪走「最近賺了不少呢」的淡淡充實感的花費。

既然如此，就算只賺回一枚銅幣也好，我們應該拚命吃到覺得夠本為止。

他似乎將目標集中在單價較高的肉上面。

「威爾不吃嗎？」

比起儀態，伊娜和露易絲似乎也更重視食欲，她們手上的盤子也以肉類為中心，堆了小山般的料理。

以女孩子來說，這真是各方面都讓人感到遺憾的光景。

「當然要吃。吃了才能回收這身正裝的一部分價錢。不過……」

包含我在內，大家的舉止都非常不知節制，這就是弱小貴族和陪臣之子的現實。

往旁邊一看，其他預備校學生的狀況也一樣，看來打從必須進入冒險者預備校就讀的時間點開始，大家就都認清自己已經有一半不是貴族了。

實際上如果沒有這點程度的厚臉皮，也沒辦法生存下去。

「不過？」

「哎呀。雖然我自從來到布雷希柏格後就一直這麼覺得……」

那個鮑麥斯特家每餐都會端出來的硬黑麵包，以及宛如病人餐般沒什麼鹹味、只要碎肉片稍微多一點就會讓人覺得幸運的湯，到底算是什麼。

儘管從我開始外出狩獵後就多了幾道菜，但那個硬黑麵包和沒什麼鹹味的湯還是沒有改變。

第一次來布雷希柏格，用在市集賣獵物賺到的錢去餐廳吃的燉菜，好吃到讓我感動的程度。

我已經習慣那個沒味道又難吃的湯，到讓人難以想像前世是講究食物的日本人的程度。

「怎麼了？威爾。」

「自從來到布雷希柏格後，飯就變得好豪華。」

「呃……那是因為威爾的老家……」

「伊娜知道什麼嗎？」

「我小時候曾聽父親提過一些那裡的事情。」

看來即使是在布雷希洛德藩侯家的家臣之間，我家仍是出了名的貧窮。

那裡不只地處偏遠又沒什麼特產，這也可以說是理所當然。

「……」

「怎麼了？威爾。」

「呃，我怎麼想都覺得我家未來只會持續衰退。」

「節哀順變。」

伊娜平淡地說道。無論她還是我，都對鮑麥斯特騎士領地的未來沒有興趣。

畢竟那對我這個八男而言，只是沒機會繼承的老家領地，對伊娜而言，則是毫無關係的隔壁領地。

如果我們是會繼承老家的身分，或許還會對宗主的附庸治理的領地有些興趣。

再來就是在我們剛出生時發生的魔之森遠征中，伊娜和露易絲的老家也都有出現犧牲者，她們會不會是因此才有所顧慮呢？

不過總覺得她們只會說：「就算你跟我講那種沒印象的嬰兒時期的事情……」

「反正再三年就會切斷緣分，所以我也不怎麼在意。」

「不，你這樣想就有點太天真了。威德林・馮・班諾・鮑麥斯特。」

因為回答的不是伊娜，而是其他年輕男性的聲音，我轉向聲音的方向。

接著便發現眼前站了一位年齡約三十歲出頭、擁有淡銀色頭髮和黑色眼睛的青年。

呃，這年齡應該勉強能稱作青年吧。

「那個，請問你是哪位？」

「威爾，你這笨蛋！」

我一詢問那位青年的名字，旁邊的伊娜便慌張地拉了一下我的手。

「那位大人是……」

「啊，不好意思，我太晚自我介紹了。我叫阿瑪迪斯・佛萊塔克・馮・布雷希洛德。你就是鮑麥斯特家出生的魔法師吧。很榮幸見到你。」

沒想到和我打招呼的青年，居然就是我鮑麥斯特家的宗主，布雷希洛德藩侯家的年輕當家。

「我真是太失禮了。還請您原諒。」

「我聽說威德林是第一次出席這種場合。而且你又不是鮑麥斯特家的繼承人。會不認識我也是正常的。」

雖然覺得連宗主的臉都不知道的附庸小孩可以說是前所未聞，但布雷希洛德藩侯本人似乎不怎麼在意。

「而且你進入冒險者預備校就讀真是幫了個大忙。畢竟要鮑麥斯特家的人參加這類聚會也太可憐了……」

為了參加派對而跨越一座山。

況且鮑麥斯特家現在的財政狀態又不太好。

再加上那個原因還是出在主辦人家身上，所以就算父親他們不能來，感覺也沒什麼好責備的，但即使父親他們每次都鄭重地婉拒，布雷希洛德藩侯似乎還是無法阻止家臣們不負責任的批判。

「『居然拒絕宗主的邀約，真是太無禮了』，大概是這種感覺。所以我很高興你今年能夠出席。」

就算我既沒學過這方面的禮儀，也不懂做為貴族基本修養的舞蹈，甚至腦袋裡只想著吃免錢的飯，有鮑麥斯特家的人出席，似乎還是有其意義在。

貴族真是麻煩的生物。

「既然已經打完招呼了。接下來才是正題。能稍微占用你一點時間嗎？」

「我是無所謂，不過請問找我有什麼事？」

「嗯，不是什麼大不了的事情。」

在布雷希洛德藩侯的邀約下前往主屋的我，沒花多少時間就發現這完全是謊言。

「不好意思，給你添麻煩了。」

「不會……」

布雷希洛德藩侯將我帶到他的私室。

而且室內就只有我和他兩個人。

儘管一開始有女僕為我們泡了兩人分的紅茶，但她倒完茶行了一禮後，就立刻離開房間。

「那麼，請問有什麼事？」

「你還沒發現嗎？」

「呃……發現什麼？」

「雖然才能有保證，但看來經驗還是有點不足呢。」

說完後，布雷希洛德藩侯叫了某人的名字，接著一位男子進入房間。

來人年齡接近五十歲。將參雜白髮的黑髮理成平頭，從他銳利的眼神來看，應該是位身經百戰的冒險者吧？

而且他還穿著魔法師常穿的長袍。

換句話說，他是個魔法師。

而且還是受僱於布雷希洛德藩侯家。

「這位是我家的首席專屬魔法師。」

「我叫布蘭塔克．林斯塔。雖然以前是冒險者，但現在換以受僱魔法師的身分展開新的人生。」

「再補充一點，他也是曾擔任我家首席專屬魔法師的艾弗烈．雷福德的老師。」

「咦？」

突然聽見師傅名字的我，應該露出了誰都看得出來的驚訝表情。

死後成了死語者，為了將自己的魔法傳授給有前途的後繼者而維持那樣的狀態五年，最後終於遇見我並將其魔法與遺產都遺留給我的師傅。

特別是最後一樣，其實隱含了一個大問題。

在魔之森潰敗的布雷希洛德藩侯軍所進行的遠征，過程包含了超過數百公里的大規模行軍，並將弱點的後勤全交給師傅處理。足以提供給兩千名士兵的食材和物資，全都裝在師傅的魔法袋內運送。

再加上布雷希洛德藩侯軍的物資，因為遭遇出乎預料的全滅而在沒什麼消耗的情況下保留至今。

因此魔法袋內仍保留了極為大量的物資。

而那些物資，目前全裝在我腰際的魔法袋內。

既然這魔法袋是師傅給我的，那會有這結果也是理所當然。

「我剛才有說過吧？你的經驗還不足。」

「畢竟我還是個在當學生的孩子。」

林斯塔先生在我和布雷希洛德藩侯說話時插嘴道：

「沒錯。雖然你似乎會很多魔法，但對其他魔法師的氣息不怎麼敏感。難道艾弗沒教過你嗎？」

「咦？我聽不懂林斯塔先生在說什麼呢。」

不愧是師傅的師傅。

看來他似乎發現我的魔法曾經接受過師傅的指導。

不過，總覺得在這時候老實承認這件事會有危險。

還是先裝傻觀察一下狀況。

「哎呀？我該不會讓這孩子產生危機感了吧？」

「布蘭塔克，你這樣不行啊。」

「喂，小子。我並沒有打算懲罰你。當然，領主大人也一樣。」

「我是想和你交涉。另外，布蘭塔克也想知道弟子臨終時的狀況。這部分可以請你相信我們嗎？」

在兩人的勸說下，最後我還是將原本只屬於我和師傅兩人的祕密全盤托出。

「原來如此。他連容量配合都幫你做了啊。看來艾弗很中意你呢。」

之後我和兩人稍微聊了一陣子。

因為發現自己有魔法的素質而在森林偷偷練習，在那裡遇見變成死語者的師傅並成為他弟子的事情。

雖然受教的時間不長，但多虧如此我才有今天的程度。

最後是畢業考試的內容，是用聖屬性魔法在師傅變成殭屍前讓他成佛的事情。

以及為了回禮和慶祝我畢業，他將魔法袋與內容物當成遺產讓我繼承的事情。

在我說明的期間，兩人都以意味深長的表情聆聽。

「原來如此，那傢伙心滿意足地成佛啦。」

「那個，你不懷疑我嗎？」

「不，完全沒有懷疑的餘地。」

師傅的師傅布蘭塔克先生，擁有其他魔法師無法使用的特殊能力。

那就是即使從遠方也能探測到曾見過面者的魔力位置。

坦白講，這能力非常厲害。

無論魔法師的魔力再怎麼多，平常流出體外的魔力量仍屬稀少。

雖說優秀魔法師對其他優秀魔法師的氣息敏感，但這其實算是一種直覺，而且探測範圍通常只有數百公里左右。

在魔之森變成死語者的師傅，也是勉強在探測範圍內發現我的存在。

然而布蘭塔克先生卻能從數千公里外，探測到曾記憶過的魔力。

這真的只能以厲害來形容。

「布蘭塔克先生真厲害。」

「唉，厲害的是這個能力。對了，直接叫我布蘭塔克就好。我的魔力量大概在中級到上級之間。雖說是艾弗的師傅，但馬上就被他超越了。要自稱是他的師傅也太不自量力了。」

按照布蘭塔克先生的說法，他不知為何在南部的魔之森，持續感覺到師傅的魔力五年以上。

「我本來還以為那傢伙變成巫妖了。」

巫妖是一種相當殭屍上位種族的不死系魔物。

牠們的智力比殭屍高，稍微能說一點話，並繼承了生前的部分能力。

「即使是巫妖，畢竟還是那個天才艾弗。雖然不驅逐不行，但地點也是個問題。」

連軍隊都得費上一番工夫才能抵達，冒險者幾乎不可能到得了魔之森。

「幸好他一直沒從那裡移動。」

然而，那道師傅的魔力反應某天突然開始移動了。

大概是為了和我會合吧。

布蘭塔克先生原本以為巫妖開始朝邊境的村落移動。

「我曾經想過要討伐他，但當時的我還是冒險者。沒辦法勉強同伴去處理並沒人委託的事情。」

越過一座山和曾是天才魔法師的巫妖戰鬥，而且別說是報酬了，根本就只有支出。

布蘭塔克先生似乎曾祈禱有人能快點提出討伐的委託。

「然而他只在一個地方停留約兩星期的時間就消失了。我本來以為他是被別人打倒了。不過在沒有魔法師的邊境村落，究竟誰有那種能耐？」

就在布蘭塔克先生思考這些事的期間，他自己的冒險者事業也面臨極限，並收到代替弟子擔任布雷希洛德藩侯家專屬魔法師的邀請。

「之後我有陣子很忙，就忘了這件事。畢竟也沒聽說有出現什麼損害。」

不過，最近事情突然出現了進展。

「我聽說理應沒有魔法師的鮑麥斯特家，有人以魔法師資優生的身分進入冒險者預備校就讀。而今天我終於確定了。因為我看見小子你身上帶著艾弗的魔法袋。」

布蘭塔克先生露出彷彿看見什麼有趣東西般的表情。

「我也有可能是搶來的吧？」

「不可能。除非艾弗自己變更所有者，否則其他人無法使用。這表示艾弗沒有變成巫妖。而是以死語者的身分，將那個託付給你。」

死語者的目的，是完成生前的遺憾。

既然那道魔力在沒傳出討伐消息的情況下消失，就表示師傅順利完成了那個遺憾。

「原來如此，畢竟艾弗烈沒有家人。」

「雖然艾弗非常受女性歡迎。」

根據布蘭塔克先生的說明，從十五歲開始就以冒險者的身分活躍，在聲名大噪後成為布雷希洛德藩侯家專屬魔法師的師傅因為是孤兒出身，所以似乎隱約對建立家庭懷抱恐懼感。

儘管有許多女性想接近他，但最後還是在單身的狀況下去世。

「所以你就算繼承艾弗的遺產也不會有任何問題。畢竟是他本人親自交給你的。」

即使成了死語者，確實仍是師傅本人。

布蘭塔克先生似乎認為就算我繼承了師傅的遺產也不會有任何問題。

「雖然我也覺得沒問題。」

布雷希洛德藩侯似乎還有其他擔心的事情。

儘管答案不難想像，但由於仍有其他可能性，因此我還是讓本人先主動開口。

「艾弗烈在父親前往魔之森的遠征中，肩負了非常重要的職責。他不只是遠征軍的副將兼參謀長，還兼任了魔法部隊隊長和補給部隊隊長。」

師傅生前在這塊大陸，似乎是能排進前五名的魔法師。

魔力量在上級中也算是頂級，包含各種攻擊魔法在內，會使用的魔法也極為多樣。

跟隨師傅學習的我，就是以師傅豐富的魔法為範本來擴展自己的魔法種類。

當然，他在軍中也是攻擊的關鍵，實力獲得認同的他也因此成了遠征軍中的第二把交椅。

關於魔法部隊的隊長，是因為其他從軍的少數魔法師們，頂多都只有下級到中級之間的實力，所以師傅才自動被任命為隊長。

至於補給部隊的隊長，也是因為底下只有負責將師傅從魔法袋拿出的物資分配出去的部下，師傅才自然獲得了這個地位。

「他能將龐大的物資收進袋子裡，並自由地拿出裝在裡面的東西。拜此之賜，多達兩千人的遠征軍才能不必擔心補給的問題。」

除此之外，能夠免於編制雖然重要，但會因為運送行李而拖延速度的補給部隊也有很大的影響。

畢竟行軍愈快，需要的物資就愈少。

「那個魔法袋裡，應該裝了遠征軍的補給物資吧。」

「是的。」

如果對方不知情，那就算據為己有也沒問題，但既然知道，那就應該把這些東西還回去。

畢竟我現在可是就讀開在對方領地內的冒險者預備校。

坦白講，要是真的將物資據為己有逃跑，也太不為老家的立場著想了。

「順帶一提，這是內容的清單。」

師傅生前似乎每天都會規規矩矩地檢查袋子裡的遠征軍物資的種類和數量。

我將他留下的親筆記錄交給布雷希洛德藩侯。

各種食材、水、藥草等醫藥品、材料、備用的武器。

以及為了賞賜士兵，或是收購在魔之森取得的魔物素材與其他物資而準備的大筆金錢。

這當中有一部分已經被當成獎賞。

袋子裡也裝了大量的魔物素材、藥草和礦石。

「即使沒取得能治療哥哥的靈藥材料，但真不愧是魔之森。有許多貴重的素材呢。」

「只要把這些還給你們就行了嗎？」

「嗯，不愧是艾弗烈。幸好他有好好將這些東西和自己的資產分開。」

決定要返還物資後，我立刻將自己的魔法袋袋口對準布蘭塔克先生的魔法袋袋口。

接下來，只要我在腦中回想指定的內容物，那些東西就會接連移動到布蘭塔克先生的魔法袋內。只要使用這個方法，就不必特地將所有物資都拿出來。

「以我的魔力剛好勉強裝得下。若是在因為行軍和進攻消耗前的量就只能投降了。」

只有魔法師能使用並限定持有者的魔法袋，明明幾乎用不到魔力，卻具備了會依魔法師的魔力最大值決定容量的麻煩機能。

布蘭塔克先生再次確認了自己的弟子魔力量有多大。

「布蘭塔克不也是名聞遐邇的知名魔法師嗎？」

「雖然領主大人這麼說，但小子你應該不太清楚其他魔法師的事情吧？」

「被你這麼一說，確實是如此……」

受到成長過程和至今生活的影響，我幾乎沒有關於現代知名魔法師的知識。

圖書館裡記載的，也都是些早就去世、幾乎快成為歷史人物的魔法師。

「我好歹也算是個滿有名的人。不過，艾弗更是個遠遠超越我的天才。像那樣的男人死掉真是太可惜了。」

儘管只是概算，但布雷希洛德藩侯還是拿著清單，在布蘭塔克先生感嘆的期間快速計算返還的物資具備的資產價值。

「大約值五十枚白金幣呢。」

諷刺的是，在魔之森獲得的素材占了極大的比例。

否則光是可長期儲存的麵包、肉乾、水、酒等食材，以及備用的武器和露宿用的帳篷，根本就不可能值這麼多錢。

「這麼一來，我們領地內的財政也能鬆一口氣了。」

雖說是將近十二年前的領地軍造成的大損害，不過一旦出現將近兩千名的死者，回復所需的時間輕易就會超過十年。

除此之外，軍事費用的支出也會增加，這段期間也不能以此為理由疏忽內政。

現在開墾地和人口仍逐漸增加的布雷希柏格和周邊的城鎮都還需要整頓，即使是高貴的布雷希洛德藩侯家，財政狀態也絕不輕鬆。我返還的物資，讓布雷希洛德藩侯露出非常開心的表情。

「你真是幫了個大忙。」

畢竟這些都是正常情況下只能放棄的東西。沒想到我居然把這些東西帶到附近，又乾脆地答應返還。也難怪他會感到高興。

「那麼，關於報酬的部分……」

「有報酬嗎？」

「當然。」

若師傅用來裝這些物資的魔法袋至今仍被留在魔之森，即使委託冒險者回收，也不會有人想接吧。

考慮到這點，付給我的酬勞還算是便宜的了。

「報酬是總價值的兩成。請你收下一千萬分。」

似乎是早就準備好了，布雷希洛德藩侯立刻將總價值的兩成，當成謝禮交給我。

因為沒有白金幣，所以全都是以金板支付。白金幣原本就是被大商人拿來做大買賣，或是讓王族和大貴族減少資產體積的東西，所以當然不會流出市面。而且即使想在店裡使用，也會因為沒錢找而被拒絕。

因此即使讓我帶著也沒意義。

然而不知為何，師傅的遺產內居然有十枚白金幣，就先當成是因為冒險者的工作很危險，所以才能賺到這麼多錢吧。

結果雖然返還了物資，但我也有收到報酬，師傅的遺產和我自己獲得的物資也沒有產生變化，因此並未造成問題。

要是無故拒絕返還，只會與在大陸南部握有極大權力的布雷希洛德藩侯為敵，乾脆地返還不僅能討好對方，還能藉此建立起關係。

這世界並非只要擅長魔法就能隨心所欲地生存，我的判斷應該沒錯。

至少我是這麼想的。

（一百枚金板啊。換算成日圓就是十億元……）

其實師傅擁有比這還要多的現金。

不過即使如此，這仍然是一大筆錢，我無論前世或現世都沒待過能花大錢的環境，坦白講實在沒什麼現實感。

為了避免得意忘形招致毀滅，我決定繼續維持目前的生活水平。

反正這裡也買不到高級進口車，即使只要訂做衣服或服飾品就能花上一大筆錢，但遺憾的是，我對這塊領域沒什麼興趣。

唯一用得到的地方，就是冒險者或魔法師使用的那些以昂貴素材製成、被賦予了魔法能力的武器和防具，不過這些東西師傅在冒險者時代就已經獲得不少相當昂貴的裝備。因此我根本就沒有添購新裝備的必要。

「那麼，雖然我們因為出乎意料的幸運，獲得了一筆臨時收入，但我們還有一樣東西必須交給你。」

「另一樣東西？」

「沒錯。艾弗烈曾擔任我們布雷希洛德藩侯家的首席專屬魔法師，而你就是他的遺產繼承人。實際上，你也正式從他那裡接收了那個魔法袋和裡面的東西。我說得沒錯吧？」

「我的確接收了這些東西。」

「他的資產不只那個魔法袋，還有其他東西。」

據布雷希洛德藩侯所說，師傅在從冒險者這行退休後，曾在布雷希柏格買了棟房子。此外在冒險者公會那裡也寄了一些錢。

「冒險者即使退休，也不會就這樣和公會徹底斷絕關係。」

有些人會重新在公會就職，著名的冒險者也可能會透過擔任只有頭銜的名譽職將自己的名義借給公會，另外似乎也有人會將退休前存的錢寄存在公會。

這些寄存金會用在對新人冒險者施以基本教育、以低利率出借供人購買初期裝備，或是以低利率出借給其他商業公會或工匠公會獲取利益。

雖然寄存金沒有利息，但沒有人會笨到偷冒險者公會的錢，而且將錢寄存在公會是件名譽的事情，寄存的錢愈多，就等於對冒險者公會愈有貢獻，因此前冒險者大多會將用不到的錢寄存在冒險者公會裡。

因為這世界沒有銀行，所以能安全寄放金錢的冒險者公會是非常可貴的存在。

這也能算是一種互助關係。

「不過，師傅早在超過十年前就被認定死亡。這樣還有剩下資產嗎？」

「我們這裡也是有許多難處……」

師傅沒有家人，布雷希洛德藩侯領地當時的財政狀況也遠比現在嚴峻。因此師傅的遺產馬上就被接收了。

「公會的寄存金還好處理。因為金額都有留下記錄，所以只要交給你一樣的金額就行了。我記得是一千萬分吧？」

「……」

不愧是曾為著名冒險者的師傅。寄存在公會的錢也非同小可。

「那個，這樣沒問題嗎？」

「倒不如說，不還你也不行。」

儘管這個布雷希洛德藩侯領地是領主自己的領地，但管理領地需要用到各種法律。例如遺產繼承，每年都會發生許多大大小小的紛爭，布雷希洛德藩侯底下的事務人員也每次都得辛苦地做出裁定。

「他們之所以會遵從裁定，是因為我們嚴格地按照法律處理。因此我不能自己破壞規定。你是艾弗烈本人親自轉讓遺產的對象。因此我有義務將接收的其他遺產也交給你。」

「布雷希洛德藩侯大人說得沒錯。」

「他的房子離預備校也很近。你就離開現在住的宿舍，搬到那裡吧。」

那裡也離冒險者公會的總部辦公室很近，師傅大概是看準這點，才將房子蓋在那附近吧。

「雖然荒廢了幾年，但因為有施加『狀態保存』的魔法，所以仍和當時一樣漂亮，裡面的家具也都維持原狀。」

「咦，這又是為什麼？」

「艾弗烈那傢伙，用魔法道具嚴密地守護自己的家。」

布蘭塔克先生開始對我說明為何沒將屋內家具搬出來的理由。

那棟房子裡的家具，有些被改造成別人無法使用的魔法道具，有些被設定成只要一勉強搬到外面，就會引來負責警備那個家的小型魔像。

那個小型魔像似乎也是魔法道具的一種，是師傅在冒險者時代於古代遺跡中找到的東西。由於是用遠比現在先進的魔法理論製作而成，因此最後只能做出無法解除的結論。

「簡單來講，你們打算推給正好出現的我？」

「可以這麼說。而且就像魔法袋那樣，應該也能將房子的專屬使用者變更成你。」

「要是能得到房子，那我願意努力看看。」

「嗯。我會抱著期待等你。搬家之後，記得招待我一起過去慶祝。」

「若一切順利，就這麼辦吧。」

儘管被邀請來參加園遊會這件事本身沒有什麼內幕，但沒想到居然會和布雷希洛德藩侯達成這樣的交涉。

雖然失去了許多軍用物資和從魔之森的魔物身上取得的素材，但相對地也得到了不少東西，我個人是覺得非常滿意。

「要是威德林能將根據地設在這裡，對我們來說也有很多幫助。等你退休不當冒險者時，布蘭塔克應該也從專屬魔法師退休了，非常歡迎你接替他的位子。」

「這麼說也對。超過六十歲還繼續工作確實是有點辛苦。要是這小子願意繼承，那我就可以放心了。」

「呃……」

即使是除了師傅以外的人都無法進入的家，但果然是因為這樣的理由，才會這麼豪爽地交給像

我這樣的小鬼。無論魔力量再怎麼高，要讓沒什麼社會經驗的魔法師擔任大貴族家的首席專屬魔法師，在各方面都還是太勉強了。

從師傅在遠征時負責這麼多工作，就能看出他不只是施放魔法，還肩負了類似智囊的工作，因此需要作為冒險者的經驗。

這些經驗某種程度上能隨著年齡增長獲得，另外也和人生經驗和人際關係有關。

「我現在還無法確實作出承諾……」

「對我來說，今天光是能和你建立起關係就算很好了。你還只是冒險者預備校的學生，我會慢慢等待。」

不知不覺間，我不僅認識了布雷希洛德藩侯，還被當成將來的專屬魔法師候補人選。沒有人能一輩子都當冒險者，這算是非常難得的轉行機會。

「我之後會派人送寄存金給你。那麼，請你好好享受園遊會。」

結果離開約一小時的我快速趕回園遊會會場後，便開始急忙搜刮剩下的料理來吃。

「喂喂喂，你怎麼一回來就一直吃啊。」

「我肚子餓了。」

「你是被布雷希洛德藩侯大人叫去的吧？是和老家有關的事情嗎？」

「差不多就是那樣。」

因為不能將那場交易的內容告訴別人，我一面吃著肉料理，一面隨便應付艾爾的問題。

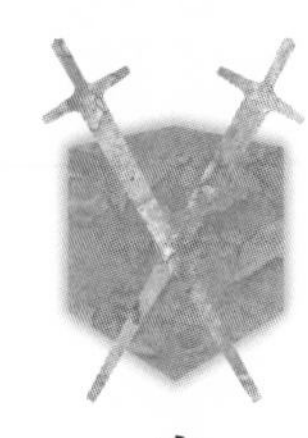

中場六　蘿莉型女主角？

順利進入冒險者預備校就讀後，我在上課和進行狩獵打工的期間，認識了艾爾文．馮．阿尼姆並和他共同行動。

他是騎士爵家的五男，立場也和我一樣嚴苛。

因此我們沒花多少時間就變得熟稔。唉，雖然真要說起來，會進冒險者預備校的貴族子弟，原本大家的狀況都差不多。

之後，我們在打獵回家的路上從狼群手中救了兩名同班同學。

那兩位同學中，一位是冷豔型的美少女，伊娜．蘇珊．希倫布蘭德。

身為槍術高手的她偶爾嶄露的銳利視線，應該會讓喜歡的人受不了吧。雖然也有人會覺得可怕，但我沒這種感覺。

這裡是西洋風格的幻想世界，所以她看起來也比日本人成熟，不過終究是十二歲的少女。對內在精神年齡超過三十歲的我而言，頂多只想早點看見她害羞的樣子吧？因為知道她平常只是在逞強，所以反而令人莞爾。

另一位是貨真價實的蘿莉型美少女，露易絲．尤蘭妲．奧蕾莉亞．歐佛維克。

她擁有非常像貴族，真的又長又難記的名字。

在我的前世要是對她這種人出手，馬上就會遭到逮捕，她就是這種現實的可愛型美少女。

不過可不能被她的外表所騙。

她是靠軍隊也有採用的魔鬥流通過資優生考試的人才。要是不小心摸到她的胸部，鼻子絕對會被打歪。

因為就算摸了應該也感覺不到起伏，所以也可以說她的重要目標，就是在接下來的幾年有所成長。

「威爾，帶我出去走走！」

「帶妳出去……露易絲是本地人，應該比我熟悉布雷希柏格的環境吧……」

「即使如此，護送女性仍是男性的職責。」

「好像也有這種說法。」

「威爾是男性，所以這時候應該要帥氣地護送我。」

「很遺憾，我的經驗不足。」

「唉……」

儘管是趨勢所致，但在我們四人歷經波折，順利組成隊伍的第一個假日。

艾爾和伊娜分別說要去看新劍和新槍後，就都出門了。

那兩個人從以前開始就很喜歡武器。

似乎是因為自己不太能買，所以才變得特別拘泥。

畢竟是攸關自己性命的東西，因此這對想當冒險者的人來說也是理所當然。

「話說回來，露易絲不去看新的手甲嗎？」

「嗯——目前還不需要。」

按照露易絲的說法，魔鬥流最重要的似乎是自己的肉體。

雖然有點舊，但幸好她從父親那裡拿到了性能不錯的手甲，戰鬥時穿的道服也一樣，暫時沒有更新的必要。即使將來可能有需要，現在也必須先存錢才行。

「原來如此。存錢很重要呢。」

為了買需要的東西而努力存到目標金額。

前世的我，一直到國中為止都有認真存錢。

「就是啊。所以做為帶路費，請我吃點東西吧。」

「我說妳啊……」

包含前世在內，我對小女孩都沒什麼興趣，不過一被露易絲笑著拜託，我就無話可說了。

莫非這是轉生到這個世界超過六年，但幾乎沒和母親和大嫂以外的女性說過話所造成的影響？

不對，我前世也曾經交過女朋友，應該不至於那麼怕生或是有女性恐懼症。不過這六年我很少和別人互動，或許是因此發病了也不定。

許多想法在我腦中盤旋。

「我帶你去逛魔法道具的專門店。難得遇到假日，一起出門吧。」

「好好好，我知道了啦。」

露易絲拉著我的手走在布雷希柏格內，帶我前往以前沒去過的區域。

「你什麼都沒買呢。」

「因為沒有想要的東西。」

逛了約一個小時後，我們離開露易絲介紹的新魔法道具專門店，在路旁的咖啡廳喝茶聊天。

「我倒是覺得裡面的商品很豐富。」

「那裡的商品種類的確很多。」

「不過還是沒有想要的東西？」

「就是這樣。」

該說不愧是布雷希柏格嗎？雖然我不太清楚其他村落或城市的魔法道具店狀況，但那裡不只擺了許多魔力低的人也能使用的泛用品和只有魔法師能用的專用品，還非常均衡地擺了魔法師能裝備的武器和防具。

商品庫存比這裡多的地方，大概也只有王都了。

不過和師傅的遺產相比，等級還是差了一截。

因為沒必要特地花錢買，所以才會有這種結果。

「魔法道具的價格都好誇張喔。」

特別是泛用品，光是能產生火種、類似打火機的東西，一個就要將近一千分。

理由當然是因為有辦法製造的人非常稀少。

「專用品就沒那麼貴。話說回來，露易絲不買點什麼嗎？」

「我沒有錢。」

「買專用品就好啦。妳的魔力量還能再提升吧？」

專用品的價格並不像泛用品那麼貴。

只要稍微努力狩獵，應該就能買個點火用的打火機。

「你發現啦。」

「當然，最了解魔法師的就是魔法師啊。」

實際上，我在入學典禮看見她時就注意到了。

伊娜和露易絲，都擁有比一般人還多的魔力。

特別是露易絲，應該比位於初級到中級之間的伊娜還多。進一步而言，露易絲看起來是刻意隱藏這點，特地不進行提升魔力的鍛鍊。

「只要經過鍛鍊，應該能超過中級。」

「我這麼做是有原因的……」

「該不會和老家有關吧？」

「我的老家歐佛維克家，代代都是教導魔鬥流的家系。我之前應該有說過吧……」

不過，家裡不可能這麼剛好持續有具備大量魔力的人出生，為了讓一般程度的魔力也能發揮遠勝常人的戰鬥能力，他們代代祕傳的修練方法，自然會偏向招式和能有效利用魔力的技術。

「父親和哥哥們都只擁有相當一般人的魔力。至於我，就和你知道的一樣。」

露易絲從懂事以來，就開始向父親與哥哥學習魔鬥流。

「我一開始並未特別意識到自己的魔力比別人多。不過之後愈變愈強……」

漸漸地，就連父親和哥哥，在實戰形式的對打中都不再是露易絲的對手。

「小時候我只想著『必須手下留情』。不過技術不夠純熟的我一放水，馬上就被發現了。」

被小孩子手下留情，而且對方還是個女孩子。

「我在道場馬上就被孤立。因為打輸我會很難為情，所以誰都不願意和我練習對打。」

在家裡非常溫柔的父親和哥哥，一到道場態度就變得格外冷漠。

即使如此，他們仍未禁止露易絲去道場。

要是強制驅逐她，可能會被弟子們認為「師傅只因為對方比自己強，就將那麼小的女孩子趕走」。

然而，實力比師傅強的女孩子也一樣非常難應付。

「雖然鍛鍊變得痛苦，但這段時間並未持續太久，因為和我有同樣煩惱的伊娜就在附近。」

結果鍛鍊以外的時間，兩人變得經常在一起。

露易絲也得知魔力能透過別種鍛鍊的方式提升。

「不過要是用提升過的魔力使用魔鬥流，和父親和哥哥們的實力差距又會變大。」

無奈之下，她只好先擱置魔力的鍛鍊。這就是目前的狀況。

「不過在輸給狼群時，我後悔了。要是有好好提升魔力，或許就不會敗在狼群手下。」

的確，露易絲的實力即使就目前來看仍然有些異常，只要鍛鍊魔力，感覺就能追上我和布蘭塔克先生。

「所以我現在積極地在進行鍛鍊。即使變強，只要有威爾這個同類在就不會感到寂寞，我要努力精通魔鬥流。」

「喔喔，加油吧。」

不過，在之後的鍛鍊過程中發現了出乎預料的事實。

即使魔鬥流的戰鬥力隨著魔力增加獲得提升，但完全無法使用其他魔法，這結果讓露易絲沮喪不已。

其實偶爾會有這種只能將魔力用在提升身體能力和強化攻擊、防禦力的人存在，簡單來講，就是被稱為魔法劍士或魔法武術家的人們。

「威爾——！」

「就算問我也沒用。只能說若能再提升魔力，或許還有機會……」

因為在魔力還少時就只將魔力用在魔鬥流上，所以身體便擅自認為自己無法使用其他魔法。有一種說法，是當這樣的想法深植在深層心理後，就會變得無法使用。

師傅留下的書裡曾出現過這種記述，但同時也寫了「因為也有人是天生就沒有這方面的才能，所以很難區別」，讓我大為失望。

師傅雖然是個優秀的魔法師，但他留下的手寫筆記和信件中，也有許多一看就知道作者個性隨便的記述。

明明是為了尋找確切的答案才查書，坦白講這種答案實在太誇張了。

「只要魔鬥流能變強不就好了嗎？話說回來，妳明明有這種才能，為什麼布雷希洛德藩侯沒來招攬妳呢？」

在布雷希洛德藩侯底下的人當中，露易絲的魔力應該已經僅次於布蘭塔克先生了。

即使才剛開始鍛鍊魔力，她的魔力量也已經比其他受僱的魔法師多了。

「因為我是女孩子啊。」

女性無法以陪臣的身分建立家門。

這個國家的女性地位有偏低的傾向，女性不可能成為一家之主或是擁有爵位。若露易絲是男性，布雷希洛德藩侯應該已經來招攬她了。

形式上，露易絲仍隸屬於歐佛維克家，因此應該會加上成年以後再為其效力的條件。然而因為露易絲是女性，所以似乎連這樣的方式都不行。

無論再怎麼有才能，都不能因為區區女性，而忽視代代指導布雷希洛德藩侯家魔鬥流的歐佛維克家。

即使布雷希洛德藩侯能靠強硬的手段將事情壓下來，但這樣又會產生讓他與家臣勢力的關係惡化的可能性。

目前並非戰時，大家無論如何都會對擾亂至今秩序的新人產生過剩的反應。

即使對方擁有優秀的能力，也無法輕易立刻加以僱用，布雷希洛德藩侯家就是如此巨大的組織。

其實平成日本的政府機關或大企業也常聽說有類似的狀況，因此我並不覺得這有哪裡奇怪。

「真麻煩呢（真是徹底的封建社會……）。」

「反正當官員也很麻煩，所以我是無所謂。」

露易絲接下來會愈變愈強。這麼一來，對她哥哥而言比寶石還要貴重的歐佛維克家當家的地位，只會成為露易絲的妨礙。

其實我也和她一樣。

即使鮑麥斯特家的當家地位和領地對科特哥哥而言比寶石還要貴重，我仍然只覺得那是個賺不了什麼錢的麻煩管理職。

我不認為人一定都只會堅持想要相同的東西。

「要是能學會什麼魔法就好了。威爾，有什麼訣竅嗎？」

「持續提升魔力並向上天祈禱吧。希望上天會因此回應妳。」

「威爾真是個隨便的老師呢。」

隨著我開始常和露易絲一起進行提升魔力的修練，我們兩人的感情也逐漸變好。

不過，也因此產生了奇怪的謠言……

「喂，威爾。」

「什麼事？艾爾。」

「你和露易絲真的在交往嗎？」

「怎麼可能有這種事！」

除了我和露易絲在交往的謠言以外，預備校內甚至還同時傳出我喜歡小孩子，或是喜歡小胸部的謠言。

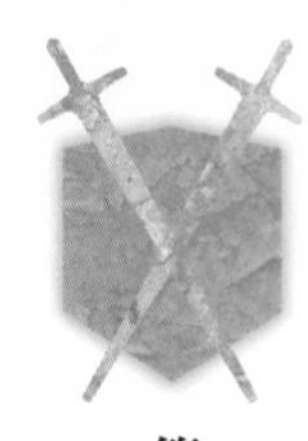

第九話　師傅是上流人士

「這裡就是師傅家啊。」

園遊會的隔天，布雷希洛德藩侯家將之前接收的師傅家正式移轉給我，於是我在放學後便來觀察狀況。

雖說是民宅，但這裡實際上和貴族的別墅差不多大，不僅庭院寬廣，周圍也被防盜用的高聳石牆包圍。

正門也非常氣派，看來優秀的冒險者真的能賺到很多錢。

這棟房子確實有和藩侯家專屬魔法師這地位相符的等級。

「門上有顆小魔晶石。這是用來識別師傅的東西吧。」

即使想直接開門，同時也是魔法道具的正門依然動也不動。

雖然用高威力的魔法應該能直接破壞，但這麼一來似乎就會換引來設置在庭院內的小型魔像。

而且布雷希洛德藩侯有交代過我——

『這扇門是價值五十萬分的魔法道具。要是弄壞就太可惜了。』

沒必要只為了進去，就破壞難得的珍貴魔法道具。

這也是布雷希洛德藩侯家將這棟房子擱置了十年以上的最大原因。

即使師傅沒有家人，在最初的一年，似乎還是有許多自稱是他親戚的人跑來要遺產。

就算明顯是謊言，以公平統治為方針的布雷希洛德藩侯家，仍只能花費一些時間仔細調查，然後再公開結果。

此外，布雷希洛德藩侯家在透過調查拆穿那些自稱是親戚者的謊言後，便以詐欺未遂的罪名，將他們送到開拓地勞動數年。

人類果然應該自己工作賺錢。不義之財來得快，去得也快。

「呃……我記得師傅留下的筆記裡……」

師傅考慮到我可能運氣好發現被鎖定成他專用的魔法道具，便將變更專屬使用者的方法寫成筆記留給了我。

話雖如此，方法本身並不困難。

因為師傅有告訴過我密碼，所以我只要觸碰魔晶石念出關鍵字解鎖，再重新念出新密碼完成設定就行了。

按照筆記的內容完成作業後，正門馬上就開了。

「那麼，再來是……」

從開啟的門進入房屋範圍內後，這次換輪到守衛房屋的四座小型魔像現身。

即使只是小型，這些魔像仍有約兩公尺高，四座魔像包圍著我發出警告。

「警告入侵者，除了艾弗烈大人以外的人類請立刻離開。否則將進行強制排除。」

（會說話的魔像啊。是利用魔導技術形成人工人格吧。）

順帶一提，這在古代魔法文明時代似乎是非常普及的技術，但現在已經成為失落的技術。儘管當然有人在進行研究，不過仍未獲得結果。

目前仍在運作的，就只有冒險者從遺跡裡帶出來的東西。

現代的魔像，無法作出這麼精密的動作。

施術者或操作者也必須一直留在魔像附近，而且就連「耕田」這種命令都無法好好達成。

它們通常只會全力用鋤頭鏟附近的土，然後將握把折斷。

不過在以前的戰爭時期就無所謂。因為只要有這種程度，就能揮舞手臂和武器打倒敵人，或是破壞陣地與防衛用的柵欄。

簡單來講，現在的魔像魔法可以說只能用在戰鬥方面。

「艾弗烈師傅已經將這棟屋子的權利都移轉給我了。」

對小型魔像如此宣告後，我立刻用包含魔力的聲音，念出讓魔像停止的暗號。接著四座魔像便停止動作。

「成功停止了。再來是……」

和門一樣觸碰裝在魔像內的魔晶石解除鎖定後，我輸入新的密碼，過了幾秒，魔像順利重新啟動。

「已經取代艾弗烈大人，將威德林大人認定為新的主人。」

「那麼，請你繼續執行任務。」

「了解。」

目送魔像們再度於庭院內散開後，我再次用同樣的方法打開玄關的門。

進入屋內後，我發現內部不僅一塵不染，還新到讓人難以想像被棄置了十年以上。

「原來如此，看來『狀態保存』的魔法有好好發揮效用。」

慶幸省了打掃的工夫的我，立刻開始探索屋內的狀況。

即使同時有客廳、書房、廚房、浴室和廁所，一樓的房間仍頗有餘裕。

地下室有座上了鎖的倉庫，裡面是包含葡萄酒和白蘭地在內的昂貴酒類，就連儲藏用的酒櫃都一應俱全。

此外這棟房子的上下水道和調理器具都裝了魔法道具，浴室的熱水器和廁所的沖水機能也全部一樣。

回想起來，剛來到這個世界時，小孩子的身體、偏僻的老家和落後的文明曾讓我吃了不少苦頭。

廁所是用茅坑，水必須從井裡打上來，就連洗澡也因為嫌打水和燒水麻煩，每個星期頂多洗兩次。

特別是洗澡的部分，在學會用魔法燒熱水前，我記得身體經常癢個不停。

而在這棟房子，只要偶爾幫附屬的魔晶石補充魔力，就能隨心所欲地燒熱水和煮飯。

「不愧是師傅。連住的房子都很棒。」

既然有這麼棒的房子。

而且又已經正式過戶到我的名下，那不住也太吃虧了。

我決定立刻辦退宿手續，向預備校提出搬家申請書。

預備校的宿舍，是公會用來支援學生的地方，像我這種擁有自己居所的人，本來就應該把房間讓給其他人。

「那麼，還是早點準備搬家……」

因為沒什麼行李，所以搬家的事情我一個人就能處理，但這件事果然還是無法隱瞞到底。

「你是怎麼得到這種房子的？」

「算是偶然吧？」

「光靠偶然，就得到比我和露易絲的老家還要豪華的房子？」

身為布雷希洛德藩侯家的陪臣之子，露易絲和伊娜不可能不知道我的老家有多窮。

而且如同傳聞，無可避免地，實際上兩人老家的房子也都比我的老家還要氣派。

「而且還有魔導火爐、魔導微波爐和沖水式廁所，連上下水道都是自動的。我家根本就買不齊這些東西。」

「我家也沒辦法。畢竟是地方的鄉下領主。」

為了避免被周圍的人瞧不起，許多貴族或甚至陪臣，都會將自己家的規模和外表打造得十分豪華。

結果就是得辛苦維持和自己身分不符的房子，像露易絲或艾爾的老家那樣，變得沒有餘裕購買用了魔法道具的家具，這在下級貴族或中堅等級以上的陪臣之間，算是一種常識。

「我家也一樣。魔導火爐這種東西實在太奢侈了。我家頂多只有燒柴的爐灶。而且因為是大型的高火力爐灶，所以價格還非常貴呢。」

「伊娜的老家會幫修練槍術的弟子們準備伙食吧？」

「露易絲家也一樣吧？」

「是啊。」

也因為如此，兩人的廚藝都意外地好。假日一起去打工狩獵時，她們也能以現場打到的獵物的肉為材料，俐落地為我們做出野外料理。

「我也會自己煮飯啊。」

「艾爾不准煮飯！」

「那道燉菜確實是讓人不敢恭維。」

「伊娜，不可以像這樣蒙混事實。那根本連家畜的飼料都不如。」

艾爾明明說自己因為從小打獵而學會做飯，試著讓他料理後，卻煮出了非常難吃的飯。

然而不知為何，他似乎並非味覺白癡。

因為如果打獵後一起去的餐廳難吃，他也會確實發現。

總而言之，就是他對能吃的料理味道要求的程度非常低。

「好，就把這裡當成我們隊伍的總部吧。」

「你還真會說。你只是想要有個能泡在這裡的理由吧？」

「威爾，你答對了。」

「呃，就算你這麼說，我也很困擾……」

我搬家的事馬上就被艾爾他們發現，在經過了這樣的對話後，他們也立刻就變得常來這裡逗留。

唉，反正我一個人住也沒什麼意思，所以在提醒他們「要記得好好收拾」之後，就隨他們高興了。

「不好意思啦，貴族的五男如果臉皮不夠厚，可是會無法活下去呢。我去燒洗澡水。」

「同上。陪臣的三女也一樣。晚餐就交給我準備吧。我的廚藝還算是不錯呢。」

「威爾同學，我幫你泡茶。」

就這樣，我順利得到了屬於自己的新家。

「那麼，既然期末考也結束了，就來討論暑假要做什麼吧。」

距離我進入冒險者預備校就讀，已經過了約三個月，這段期間發生了許多事情。

從五歲在這個世界清醒以來，我第一次交到朋友。

他的名字是艾爾文．馮．阿尼姆，和我一樣無法繼承老家的他，計畫要成為冒險者。

雖然和我一樣還只有十二歲，但他的劍術被評為預備校第一，平常有在狩獵的他，射箭技術也非常優秀。

之後，我們一起救了在狩獵時被狼群襲擊的兩名女孩。

那兩人是預備校的同班同學，其中一位身材苗條的紅髮美少女，是使用長槍的伊娜・蘇珊・希倫布蘭德。

她的老家，是在布雷希洛德藩侯家指導士兵槍術的陪臣，她本人的實力也相當堅強。

而另一位外表看起來比實際年齡小，擁有藍色頭髮的魔鬥流使用者名叫露易絲・尤蘭妲・奧蕾莉亞・歐佛維克。她的老家也是在布雷希洛德藩侯家教士兵魔鬥流的陪臣家系。

難怪她小小年紀，實力就如此不凡。

她們會在我們第一次相遇時被狼群包圍，應該是運氣不好和經驗不足所導致的結果。

在那之後，偶然從狼群中救出的這兩位美少女讓我和艾爾加入她們的隊伍，而且因為她們的實力不錯，所以我們四人變得會一起去狩獵。

儘管有些難以釋懷，但或許這也是命運。

最後不知為何，我們一同收到了布雷希洛德藩侯家主辦的園遊會邀請函，我在那裡見到了布雷希洛德藩侯，以及相當於教我魔法的艾弗烈師傅的師傅，布蘭塔克先生。

布蘭塔克先生利用只要曾經見過面、即使距離遙遠也能探測到對方魔力位置的能力，掌握了我從變成死語者的師傅那裡繼承了魔法袋，以及裡面還保留了十二年前布雷希洛德藩侯軍拜託師傅保管的物資和食材的事實。

既然對方已經清楚到這種程度，我也只能將這些物資返還。

畢竟要是不小心起了爭執，可能會連老家都被捲進來。

雖然站在我的立場，是希望能夠早日獨立並切斷和那個家的緣分，但我現在的年齡還無法實現這個目標，因此只能努力不要掀起風波。

然後，看來這個判斷是正確的。

我將數量龐大的食材、物資，以及遠征軍在魔之森獲得的昂貴素材返還之後，得到了相當總價值兩成的報酬，並被正式認定為師傅財產的法定繼承人，得以繼承他遺留在布雷希柏格的房屋和財產。

拜此之賜，我的總資產大為增加。

即便就算一輩子不工作也活得下去，但這樣人生未免也太無趣了。

畢竟這世界根本就沒有遊戲、漫畫或網路這些東西，平常的生活非常無聊。

雖然話題變得有點長，但總之得到新家的我，正在那裡和艾爾他們喝茶聊天。

冒險者預備校姑且算是學校，因此當然有考試。

儘管教育程度不像前世的學校那麼高，但由於筆試會考跟這個世界的歷史、地理、魔法和魔物有關的知識，因此還是有必要念書。

即使很少有人不及格，但如果不記住這些事情可能會有生命危險，所以大家的筆試成績都很好。

再來就是比例占了相當高的實技測驗。

因為在這方面必須要有一定程度的實力，所以大家在考試前果然都非常拚命地在練習。

實技測驗對我們這些資優生而言，只要正常考試就會過。
不過曾當過冒險者的老師，最後還是提醒我們即使考試合格，在實戰中死掉也沒有意義，因此絕對不能大意，然後再過不久，暑假就要開始了。
期間是從七月七日到九月七日。
之所以長達兩個月，是有理由的。
趁暑假返鄉的學生非常多，這個琳蓋亞大陸也十分廣大。
即使大部分的學生都是從附近來這裡就讀，還是有光往返就得花上一個月的學生。
所以才會有這麼長的暑假。
返鄉某種程度上也能當成訓練，因此即使暑假很長也不會有什麼問題。
「我和露易絲都不會返鄉。」
「說得也是。畢竟我們每天都是從家裡通學。」
老家就在布雷希柏格的伊娜和露易絲不需要特別返鄉。
因此她們似乎希望能盡量去打獵賺錢。
「我想存買新裝備的資金。」
「我的意見也和伊娜一樣。」
「我也是。」
「咦？艾爾，你不回老家嗎？」

姑且不論兩位女性，因為艾爾來自遙遠的西方，所以我本來以為他應該會返鄉。

「就算回去，也只會被當成是礙事的傢伙。」

身為弱小貴族的八男，我總是被當成不需要的孩子來對待，而這麼說來，艾爾的狀況也和我一樣。

除此之外，因為和我一樣被當成沒用五男的他，劍術才能在兄弟之間最為優秀，所以不擅長應付上面那些哥哥。

「在家臣當中，甚至還有人主張應該讓劍術優秀的我擔任下一任當家呢。」

我曾經聽說許多騎士爵家等級的當家，在戰爭時似乎必須率領少數的軍隊上前線。

因此必須一起上前線的家臣或士兵往往基於生存本能，希望讓武藝優秀的人成為當家。

即使是在這個已經超過兩百年沒有戰爭的時代。

這也算是軍人的一種生存本能。

儘管很少發生，但他們還是有可能得驅逐山賊，若和鄰近的領主交惡，也經常會發生小規模的爭執。

因此武藝高超的下級貴族評價非常高。

若是大貴族，只要靠眾多的家臣填補這點就好，當家本身不需要具備武藝。

「我也被這麼說過。」

「威爾的狀況，應該比我還要嚴重。」

劍術優秀的弟弟處理起來並沒有那麼棘手。

除了能讓他入贅家臣家以外，也能活用那項技能，將他推薦給王都的警備隊。

然而，魔法師就不同了。

雖然要視魔力量而定，但能使用的魔法威力愈高，就愈容易被家裡挽留。

我的情況，是最後家人完全沒問我能使用哪種程度的魔法。

即使問了也不確定我會不會回答，若不小心給我利用魔法活躍的機會，又可能會導致繼承糾紛，因此他們也不想知道。

反正是遲早要離開的人。

「我完全不打算再回老家。」

既然在布雷希柏格有了房子，我打算從預備校畢業後，也要繼續以這裡為據點活動。

至於那些資源豐富的未開發地，只要靠瞬間移動就能立刻抵達，因此完全不會有問題。

「那麼，威爾也要一起接狩獵的打工嗎？」

「我打算在暑假增加魔法訓練的次數。」

我的魔力量還沒抵達上升極限，在那場園遊會遇見的師傅的師傅布蘭塔克先生，也說有空時願意教我魔法，因此我打算以那裡為優先。

「讓布雷希洛德藩侯家的首席專屬魔法師親自指導……」

「威爾同學，該不會是魔法的菁英分子吧？」

若只看魔力量，我已經是布蘭塔克先生的好幾倍。

不過他是擁有優秀才能的魔法師老手。

除了之前那種利用魔力進行個體識別和探測的技術以外，他還會許多方便的原創魔法，同時也很擅長魔力的節約術。

這個名叫魔力節約的技能，學起來既困難又費時。

不如說，無論再怎麼鍛鍊，都無法完全學會。

舉例來說，假設施放普通火炎球時會消耗一百魔力。

那麼即使威力相同，不成熟的笨拙年輕魔法師大多會消耗到一百五的魔力，反倒是經過長年訓練的資深魔法師，可能只消耗十魔力就夠了。

使用身體的劍士，終究無法迴避衰老帶來的衰退。

就算無法使用魔法，在魔力比普通人略多的人當中，仍然有些人會本能地將魔力用在強化身體機能上，藉此延長自己的全盛時期。

順帶一提，我們似乎也有這方面的資質。

至於實際上能否學會，就要看之後的努力了。

也有許多從年輕時起便以魔力量為傲的魔法師，不知為何就是無法學會這項技術，導致身體機能隨著年齡增長衰退，反倒是魔力量不多的人在學會這項技術後，即使外表已經是老人，動作依然敏捷。

這部分真的完全得看才能和努力。

在魔法師之中，也有即使變老後魔力量不再增加，仍透過節約魔力而變得比年輕時更強的例子。

雖然也有許多因怠於訓練而正常衰弱的魔法師，但這大概算是個人差異。

主要仍是看有沒有認識到自己的才能，以及付出磨練才能的努力。

老練的魔法師會被當成專屬魔法師重視的理由，有部分也是源自於此。

「我本來想在狩獵和接受布蘭塔克先生的魔法指導下度過兩個月……」

其實在擬定了這個計畫後，我就從和我定期通信的埃里希哥哥那裡收到了出乎意料的邀約。

「可是埃里希哥哥要結婚了。雖然婚禮地點在王都，但他有問我能不能過去參加。」

赫爾穆特王國的首都史塔特柏格，位於琳蓋亞大陸的中央偏南的位置，是人口多達百萬人的大都市。

不只是王國境內各地，就連北方的阿卡特神聖帝國都有許多人會造訪這裡，是經濟、流通和文化的中心地。

王都的確很遠，但我不想放過這次機會。

（只要去過一次王都，之後就能輕鬆地靠瞬間移動過去玩。為了這難得的機會，我一定要去王都。）

「那布蘭塔克先生的訓練怎麼辦？」

「嗯，他說如果是因為這個原因，可以稍微延後一下沒關係。」

王都雖遠，但不愧是這個國家的首都。

其實有一種不必花多少時間，就能移動到王都的方法。

「布雷希柏格似乎每週都有出一班魔導飛行船。」

布雷希柏格是座代表赫爾穆特王國的南方邊境地區，幾乎被當成副都看待的都市。

因此這裡也有魔導飛行船的港口。

「埃里希哥哥大概以為我會搭長途馬車過去。不過我打算搭魔導飛行船。」

如果要比較兩者的差異，雖然利用長途馬車往返王都大約要花上一個月，不過費用也是一枚銀板這種平民也能勉強負擔的價格。

另一方面，魔導飛行船往返只要約五天，單程只要兩天半就能抵達王都。

不過在費用方面最少也要一枚金幣，換算成日圓約一百萬圓。

套用前世的說法，只要說就像在非常早期時搭飛機出國旅行，或許會比較好懂。

「好，那我也要去王都。」

「我也要。」

「我也要。」

「咦，這樣沒關係嗎？」

魔導飛行船的票價是一枚金幣，這對我來說並不成問題。

不過，我實在不認為艾爾他們負擔得起這筆金額。

「等回來後，再一起舉辦強化集訓努力狩獵。看是要獵熊還是什麼都好。」

「事情就是這樣。」

「請借我們錢。」

「好吧。」

雖然我不介意幫他們出錢，但也不希望因此害我們之間的關係變質。

而且即使他們沒打算還錢，我也無法看穿。

在將他們不還錢的情況也考慮進去後，我幫他們代墊了魔導飛行船的費用。

前世的父親也曾跟我說過「借朋友錢時，一開始就要先做好對方不會還的覺悟」。

「埃里希哥哥的信裡也有提到，如果有交到朋友就一起過去。」

在他的想像中，我應該是會和想成為冒險者的夥伴，一同搭乘搖搖晃晃的長途馬車，花一個月的時間往返吧。

不過實際上，我們打算搭乘票價昂貴的魔導飛行船旅行。

「喂，我們需要包禮金嗎？」

「他說不用。」

雖然這麼說有點不好意思，但埃里希哥哥還只是下級官員，入贅的家在等級方面也和老家差不多，稱不上非常富裕。

也因為旅費必須由我們自行負擔，所以邀請函內才沒有勉強賓客一定要到場。

在這種情況下，通常都不需要付禮金。

「埃里希哥哥會幫我們準備住的地方。」

待在王都的這段期間，他似乎會讓我們住在結婚對象家裡的房間。

「所以只要直接過去那裡就行了。再來就是……」

「再來還有什麼嗎？艾爾。」

「要在出發前努力打獵。跟別人借的錢一定要早點還！幸好不用利息呢。」

「我又不是放債的。」

「利息也可以用我的身體來付。」

「都怪妳常說這種話，才會傳出奇怪的謠言。」

在那之後的三天，我們一面打獵一面進行前往王都的準備，並在最後搭上了開往位於琳蓋亞大陸中央地區的王都史塔特柏格的魔導飛行船。

第十話　在開往王都的魔導飛行船上

「好棒！這裡的景色真是絕景！」

「不愧是要收一枚金幣的船。餐點的水準也都很高。」

「點心也很好吃。」

為了出席在王都擔任下級官員的埃里希哥哥的婚禮，我和艾爾他們搭上了每星期只有一班，從布雷希柏格出發的魔導飛行船。

據說這艘魔導飛行船，是已經滅亡的古代魔法文明的遺產。

這艘船奇蹟似的在毫髮無傷的情況下被從遺跡裡挖出來，再透過現代的魔法技術營運。

即使現代的魔法技術不如古代，也無法再建造新的魔導飛行船，但還是有辦法進行簡單的維修和保養。

從古代遺跡裡挖掘出來的船約有八艘，赫爾穆特王國總共經營了四條航線，分別是通往北方阿卡特神聖帝國首都的巴迪修航線、彙整西方貴族的霍爾米亞藩侯領地航線、彙整東方貴族的布洛瓦藩侯領地航線，以及南方的布雷希洛德藩侯領地航線。

之所以由王國直接經營，是因為魔導飛行船同時也是有用的軍事武器，在緊急的時刻將由軍隊接收。

此外，北方的阿卡特神聖帝國也同樣經營了幾艘從遺跡裡挖掘出來的交通工具。

因此即使有魔導飛行船，赫爾穆特王國在軍事方面仍未取得單方面的領先。

在這兩百年來，停戰協定從來沒被打破過，兩國的政治人物也一致認為最近幾百年都不會有戰爭。

否則根本就無法設定魔導飛行船的航路。

「不過真的很快呢。」

順利搭上魔導飛行船後已經過了整整一天，並消化了四成的行程。

從前進速度意外地快的魔導飛行船窗戶往外看，底下是赫爾穆特王國宏偉的自然景觀。

因為大部分不是未開發地就是魔物的地盤，很少是人類居住的土地，所以這也可以說是理所當然。

「小子，你在看什麼？該不會有魔物跑出來吧？」

向我搭話的，是布雷希洛德藩侯的首席專屬魔法師，同時也曾是我師傅艾弗烈．雷福德師傅的布蘭塔克．林斯塔先生。

雖然總覺得布雷希洛德藩侯的首席專屬魔法師應該很忙，但在我因為要去王都參加哥哥的婚禮，而拜託他將修行延期時，他不知為何突然說要當我們的監護人兼領隊，並真的搭上了魔導飛行船。

「畢竟曾經有過像艾弗那樣變成死語者的例子。」

普通的魔物，毫無例外地不會離開自己的地盤。

因此魔物的領域旁邊有農民在悠閒耕田的荒謬場景，其實並不稀奇。

幾乎可以說是唯一例外的死語者，原本也是人類。

由於是對外界有所留戀，因此在某種程度上，也不是不能理解這種會往外跑的行動原理。

不過，在魔物領域去世的人類，大多會變成殭屍或食人鬼。

殭屍和食人鬼根本就沒什麼留戀可言，因此牠們不可能會離開自己的地盤。

雖然有少數人進化成巫妖之類的上位不死族，但還是很少會出現離開地盤的個體，由於數量稀少，因此通常一被發現就會遭到討伐。

「難道就沒有其他例外嗎？」

「有是有。在幾千年前的書裡曾經提到過。」

那些極為少見的例外，就是死掉的龍像死語者那樣變成了不死族。

「不過像翼龍那樣的小型龍，或是成為特定領域主人的屬性龍就算變成不死族，也不會離開自己的領域。」

「該不會？」

「除非是前代領主大人尋找的古代龍等級，否則不會離開自己的領域。」

按照古文書裡的記載，血液能治百病的古代龍。

上一代布雷希洛德藩侯曾為了尋找那種血，將大批軍隊送進未知的魔物領域。

雖然最後的結果非常悲慘，但話又說回來，為什麼布蘭塔克先生能確定沒有人見過的古代龍確實存在呢？

「小子，你懷疑古代龍的存在嗎？」

「因為我只相信親眼看過的東西。」

就這方面來看，或許那和幽靈或ＵＦＯ是相同的東西。

雖然無論哪邊我都不相信。

「這種人很多。不過，古代龍確實存在。」

只是牠們棲息在普通人無法抵達的領域深處，壽命又長達數萬年，因此不容易變成不死族。

也因此在人類居住的領域，幾乎看不見牠們的身影。

「能看見就是奇蹟嗎？」

「對大部分的人而言，應該是天災等級的不幸吧。」

古代龍的身體沒有不能用的部分。儘管全身都是昂貴的素材，但強到有辦法獲得這些素材的人類，同樣也是奇蹟般的存在。

普通人光是一碰到古代龍，就會瞬間被殺掉。

壓倒性的強者，對比自己弱的對象而言就只是個殘酷的存在。古代龍就是這種生物。

「即使從機率來看，應該也一輩子都沒機會見到。」

「可以這麼說。」

「話說回來，為什麼布蘭塔克先生要和我們同行？」

我試著提出這個讓我在意了一整天的問題。

帶小孩子們前往王都，怎麼想都不是首席專屬魔法師的工作。

「只是順便而已。」

按照布蘭塔克先生的說法，統率王國南部的布雷希洛德藩侯，似乎有義務定期向王國報告當地的情勢。

不過總不能每次都讓本人去報告，因此在這種時候，就輪到首席的專屬魔法師出場了。

「因為社會地位高，所以我經常擔任代理人。」

除此之外，他在王都似乎也有一些瑣事要處理。

由於以他的身分，就算擔任代理人也不會顯得失禮，因此經常到處出差。

「我也會出席埃里希先生的婚禮。」

出席埃里希哥哥的婚禮，似乎也是他工作的一部分。

雖然只是下級，但埃里希哥哥入贅的家仍是世襲的名譽貴族世家。

當然，在他們上面還有其他高階的名譽貴族擔任宗主或派系首長，因此為了避免失禮，布蘭塔克先生還是得出席婚禮。

地方的有力貴族要是與中央的世襲名譽貴族太過親密，就會傳出可疑的謠言。

話雖如此，也不能完全沒有任何聯繫。

所以像這樣的婚禮場合，正好適合讓布蘭塔克先生以布雷希洛德藩侯代理人的身分，和那些人見面。

「唉，其實事情沒那麼複雜。只不過是去確認彼此現在稍微有點聯繫的事實而已。而且，領主大人對埃里希先生似乎有很高的期望。」

鮑麥斯特家的人大多資質平庸，因此布雷希洛德藩侯好像特別期待個性溫和又聰明的埃里希哥哥。

他似乎曾邀請埃里希哥哥擔任負責內政的家臣，但遭到本人的推辭。

「畢竟若讓隔壁領主的五男成為宗主中意的家臣，還是會產生一些麻煩。」

「例如想推舉自己中意的埃里希哥哥，成為鮑麥斯特家的下一任當家……」

「應該多少會產生這方面的猜想吧。」

就是因為討厭這種複雜的狀況，埃里希哥哥才會到王都當下級官員。

除此之外，克勞斯麻煩的勸誘也是原因之一。

就這點來看，我的狀況也是一樣，我很想相信自己將來成為布雷希洛德藩侯的專屬魔法師時，鮑麥斯特家的人們不會蠢到去挖苦這件事情。

「貴族這種東西，只要一扯到實力主義，和地緣、血緣等複雜的人際關係，就會變得特別麻煩。」

「布蘭塔克先生不就是那種貴族的專屬魔法師嗎？」

「我又不是貴族，只是因為魔法的實力受到僱用，而且也沒有老婆或小孩。哎呀，這件事拜託別告訴其他人……」

布蘭塔克先生突然停止說話，以銳利的視線看向飛行船前進的方向。

「那個……布蘭塔克先生？唔！」

「經過半天的訓練，你稍微有點進步了。沒錯，我感覺到某種不祥的魔力。」

而且這股魔力的大小不可能是人類。

雖然有人類擁有比這更高的魔力量，但不可能有辦法表現在外。

就像我以前說明的一樣，魔力平常被隱藏在體內，不容易看出全貌。

只要對象擁有比普通人略多的魔力，布蘭塔克先生就能從幾千公里外探測到認識的魔力，這就是他的厲害之處。

「不是人類。也不可能是野生動物。」

「不可能是普通的魔物。這條航線離魔物的領域有點距離。」

既然是讓目前不可能重新建造的魔導飛行船航行。

當然會顧慮到這方面的狀況。

「到底是什麼呢？」

「雖然我覺得不太可能……」

看來我們的預測似乎命中了。

魔導飛行船突然改變航向，開始加速逃跑。

魔導飛行船是以蘊含在內藏的巨大魔晶石內的魔力為能源，讓外表像蒸汽機的機械運轉，同時也會像普通的船那樣，利用船帆取得風力移動。

雖然風力是免費的，但儲存在魔晶石內的魔力必須適時補充，因此當然會造成一筆開銷。

所以若魔導飛行船偏離基於經濟性考量設定的航線，並放棄燃料消耗最少的巡航速度，就表示一定發生了即使無視這些因素也無所謂的緊急狀況。

「那個，布蘭塔克先生？」

「小子，跟我來。我們去艦橋找船長確認狀況。」

「那個，為什麼我也要去？」

「跟我走就對了！」

布蘭塔克先生硬是抓著我的手，帶我來到平常只有相關人員能進去的艦橋入口。

接著那裡響起了十幾名貴族和看似大商人的人，對守衛入口的船員抗議的聲音。

「我問你們，為什麼要突然改變航線！」

「快點說明發生了什麼事情！」

「這種無視魔導引擎燃料消耗量的速度！怎麼可能什麼事都沒發生！」

「對不起，我們無可奉告……」

「那就叫船長出來！」

「至少應該要說明一下吧！」

乘客們激動地想衝進艦橋，幾名從艦橋內出來支援的船員們奮力阻止。

就在現場陷入膠著狀態時，一位看見布蘭塔克先生的船員向他喊道：

「您是布雷希洛德藩侯家的首席專屬魔法師，布蘭塔克．林斯塔大人對吧？」

「沒錯，有什麼事嗎？」

「船長有事情想找您商量。」

「我知道了。我能理解大家因為無法掌握狀況而感到不安，這裡就由我來擔任代表，去聽船長怎麼說吧。」

並非平常對我們使用的那種粗魯語氣，布蘭塔克先生以符合首席專屬魔法師身分的口吻，對貴族與大商人們說道。

坦白講，簡直就像是換了個人似的。

考慮到他的身分，這應該算是一種必備的技能吧。

「唉，這樣下去的確是無法知道什麼事。」

「就交給布蘭塔克先生吧。」

原本爭論不休的貴族和商人們，在知道布蘭塔克先生是有名的魔法師後，就靜靜地讓開一條路。

原來如此，看來有名魔法師的社會地位確實很高。

能讓大商人和貴族們都老實地讓開。

「這孩子是我的弟子。我可以帶他一起去吧？」

「是的。」

不知為何，我也獲得了進入艦橋的許可，因此只好無奈地跟在布蘭塔克先生後面。

魔導飛行船的艦橋，位於和普通帆船相同的位置。

雖然和在上甲板上不斷旋轉的船舵位於同一區，但這艘船畢竟正在高速飛行，因此有一個以透明的玻璃狀材料製成的圓頂，在保護天花板的部分。

「不好意思勞駕您過來。我是船長柯姆索·弗卡。」

「我是副船長利奧波德·貝基姆。」

和兩位年近四十，看起來個性穩重的男子適當地打完招呼後，那兩人指向艦橋後方。

透明的圓頂讓人能清楚看見船後方的狀況，不過問題應是出在後面有個不該出現的東西吧？

「不是普通的龍呢。牠的大小和這艘船的寬度差不多……」

更惡質的是，這隻龍還有另一項特徵。

那就是這隻龍完全沒有任何皮膚或血肉，換句話說，就是一隻只有骨頭在動的龍。

發生了應該被稱作骸骨龍的大型龍，正在逼近這艘船的緊急狀況。

原來如此，難怪不能告訴其他乘客。

「還請聲名遠播的林斯塔大人幫我們想點辦法……」

「我怎麼可能贏得了那種怪物。」

「您是說真的嗎？」

「就算我騙你們說打得贏，然後衝出去打輸，也只會讓恐慌擴大。」

贏不了就要坦白說贏不了。

不愧是一流的前冒險者，在這方面十分嚴謹。

「可是，就算繼續逃下去……」

船長說得沒錯，如果只顧著逃，遲早會無計可施。

即使無視燃料消耗量繼續逃跑，過不久還是會因為魔力耗盡被那隻骸骨龍逮到。

話雖如此，即使讓布蘭塔克先生本人挑戰這場不利的戰鬥，我也不覺得能改善狀況。

不如說那隻骸骨龍，反而有可能被布蘭塔克先生無謀的舉動激怒。

「也不是完全沒辦法。」

「喔喔！請問有什麼辦法？」

船長等人抱持著姑且一試的心態，等待布蘭塔克先生的回答。

「那隻龍算是不死族。所以只要用聖屬性的魔法讓牠成佛就行了。」

「原來如此，林斯塔大人打算用聖魔法讓牠成佛啊。」

「不，我不會使用聖魔法。」

會使用聖魔法的魔法師非常稀少。

即使是高位的魔法師，會使用的機率仍和初級或中級的魔法師差不多。

由於那和魔法師的才能並不成比例，因此光是能使用聖魔法，就算是貴重的人才，不過也有很多人辦不到什麼大不了的事情，所以若將範圍侷限在有用的聖魔法使用者，那數量就更少了。

話說回來，為什麼艾弗烈師傅會知道我能使用聖魔法，並對我進行這方面的指導呢？

「那麼，請問要由誰使用聖魔法？」

「當然是我的弟子。」

布蘭塔克先生宣稱我是他的弟子。

因為他是我師傅的師傅，所以身為徒孫的我，也的確能算是他的弟子。

「咦？要由我來嗎？」

「也只能交給你了吧。」

「是這樣沒錯啦……」

我能理解布蘭塔克先生的主張。

打倒那隻骸骨龍需要聖魔法，因此照理來講，本來就應該讓會使用的我去應戰。

不過，希望各位能站在我的立場想一下。

我還只是個十二歲的小鬼，實戰經驗最多只到對付凶暴的熊。

要這樣的我去應付那隻大得誇張的骸骨龍。

再怎麼勉強，也該有個限度。

「不可能啦！我甚至沒和魔物戰鬥過！」

「什麼事都有第一次啦。」

雖然這是事實，但我實在很想回絕這種第一次。

「到底有哪個世界，會讓實習冒險者在出道戰就對上龍啊！」

「就是這個世界！應該說，如果你不戰鬥，大家都會死！鼓起勇氣戰鬥吧！如果是艾弗烈，一定會笑著說『那我去囉』。」

「這句話太卑鄙了……」

師傅對我而言，是值得賭上一輩子追逐的偉人。

他在未能徹底發揮才能的情況下，就結束了年輕的一生。

既然如此，我有義務以魔法師的身分，連他的份一起活下去。

這是為了讓全世界都知道，威德林．馮．班諾．鮑麥斯特，有個名叫艾弗烈．雷福德的偉大師傅。

無論平常過得再怎麼吊兒郎當、笨拙，或是任性。

就只有這點，我絕對不能退讓。

「那隻骸骨龍，說穿了就只是個大一點的模型吧？」

「嗯，只不過材料費有點貴。」

在布蘭塔克先生的激勵下，我即將迎接第一次與魔物實戰，對手就是不死族化的古代龍，這種最糟糕的出道戰。

「作戰非常單純。小子只要用『飛翔』魔法飛出去，再一鼓作氣用聖魔法讓那隻骸骨龍成佛就行了。」

「不不不，這種東西根本稱不上作戰。」

「沒時間擬定縝密的作戰了。」

「你說得沒錯。只是我非常不幸而已……」

布蘭塔克先生在艦橋被船長委託驅逐追著船跑的古代龍後，便難得地任命我為執行者。

總而言之，我必須離開船作戰，就在我著手準備時，艾爾他們一臉擔心地對我說道：

「呃……祝你平安無事。」

「對不起。我們的攻擊根本碰不到牠。」

「就算碰得到，以我這種程度的魔力，也無法對牠造成致命傷。對不起喔。」

船長已經公布了這艘船正被龍追逐的事實。

雖然正常狀況下應該會陷入恐慌，但由於船長又接著補充布蘭塔克・林斯塔和他優秀的弟子也在這艘船上，絕對不會有事，因此他們馬上就冷靜下來。

不愧是布蘭塔克先生。

布雷希洛德藩侯自傲的魔法師。

「雖然艾弗應該能正常取勝，但這場戰鬥對我來說相當不利。不過對小子你來說，應該是剛剛好。」

像那種等級的不死族，只能靠灌注了相當魔力的魔法解決。

與其耍些多餘的小花招，不如專注在對古代龍的不死族施展足以讓牠順利成佛的聖魔法。比起技巧，更注視力量的感覺。

「總而言之，就是要小心謹慎地對牠放出魔法。就只有這樣。」

為了預防骸骨龍的吐息，布蘭塔克先生會留在船上。

即使好不容易打倒龍，要是船在那之前沉了也沒意義，因此這算是必要的措施。

「主要的工作就交給你。我不會讓這艘船受到任何損害。」

雖然不曉得骸骨龍會吐出何種吐息，但是為了以防萬一，布蘭塔克先生將全力展開「魔法障壁」。

「先是使用『飛翔』，如果遇到吐息就使用和我一樣的『魔法障壁』，同時還要凝聚讓龍成佛的『聖』魔法。你果然是艾弗的徒弟。」

同時施展複數魔法，似乎是師傅擅長的特殊能力。

我也有學到這方面的訣竅，並在這六年內，成功學會同時施展三種魔法。

雖然距離能同時施展七種魔法的師傅還很遙遠，但現在也只能盡力而為。

只要小心別因為焦急而失敗就好。

即使對手是傳說的古代龍也一樣。

「勝負將在一瞬間決定。」

用「飛翔」靠近已經逼近船後方的骸骨龍，在短時間內完成「聖」魔法的準備。

我已經開始凝聚魔力，等這步驟一結束，我就必須立刻飛離這艘船，對骸骨龍施展魔法。

因為真的會在短時間內分出勝負，所以這也算是一種賭博。

「小子，先用『飛翔』魔法讓身體浮起來。等離開船後，別忘了調整相對速度。」

「好的。」

要是忘了這點，我一下子就會被船和龍甩掉。

若必須重新施展「飛翔」追趕，又會浪費魔力與時間，因此這可以說是必要事項。

「小子，等這件事結束後，我還要繼續認真鍛鍊你。可別死啦。」

「我才不要年紀輕輕就死掉。那麼……」

在我點頭的同時，布蘭塔克先生和艾爾他們一起快速打開船最後面的門。

雖然我就這樣順利地飛了出去，但是那隻骸骨龍馬上就開始吐出宛如漆黑毒霧般的大範圍吐息。

「危險！」

因為事先有所準備，我立刻發動「魔法障壁」。

布蘭塔克先生那裡，也瞬間就展開了足以包住整艘船的「魔法障壁」。

布蘭塔克先生果然不愧是師傅的師傅。

包覆整艘船的「魔法障壁」，完美地擋下了骸骨龍的吐息。

相對地，被「魔法障壁」彈開的吐息波及到附近的山和森林，讓花草樹木瞬間枯萎。

「這隻龍的吐息到底是什麼屬性啊？」

幸好這附近似乎是無人地帶，所以沒對任何人造成損害，但骸骨龍那能夠瞬間奪走動物性命的吐息威力，仍讓我打了個寒顫。

「雖然布蘭塔克先生很厲害，但還是必須速戰速決。」

快速確認船平安無事後，我利用這段短暫的時間累積發動聖魔法需要的魔力。

（足以徹底包覆這隻骸骨龍，高濃度的聖光……）

因為以前讓師傅成佛的那種光線魔法有可能被躲開，因此這次我改以這種印象發動魔法。

已經極度逼近骸骨龍的我，用「飛翔」躲過骸骨龍用前肢和尾巴使出的連續攻擊，將累積的魔力一口氣釋放出來。

聖屬性特有的藍白光芒，以我為中心將整隻骸骨龍包圍起來，暴露在「聖光」底下的骸骨龍發出慘叫般的咆哮，持續了好幾十秒。

這段期間，骸骨龍胡亂揮舞四肢和尾巴。

雖然我有用「魔法障壁」防禦，但強大的衝擊力仍差點將我彈飛。

要是我被彈飛，骸骨龍就會脫離我好不容易施展出來的聖魔法範圍，這樣就無法打倒牠了。

我拚命用「飛翔」魔法控制位置，同時防禦牠的攻擊。

（還不行，要撐到這傢伙完全無法動彈為止……）

我再次釋放魔力，持續發出聖光。

骸骨龍的咆哮逐漸消失，最後變得一動也不動。

我急忙觀察牠的反應，但看來這隻不死系的怪物，已經徹底停止活動。

「和師傅那時候不同，身體沒有消滅呢。」

該說不愧是古代龍的骨頭嗎？即使長時間承受聖光的照射，骨頭依然沒受到任何損傷。

甚至還因為脫離不死狀態，而散發出更亮麗的光澤。

「我差點以為會尿出來……」

聖光消散數秒後，原本在上空維持龍的外型的骨頭，開始接連朝地面散落。

失去不死族的身分後，這些骨頭就只是單純的無機物。

因此最後當然會受到重力的影響。

「喂——小子！快回收那些骨頭！這樣太浪費了！」

布蘭塔克先生指示浮在空中的我，將那些逐漸散落地面的骨頭給撿回來。

即使是傳說中的古代龍之骨，我還是有點抗拒將不死族的骨頭當成素材使用，不過既然我有用聖魔法淨化過，那應該是沒問題吧。

我急忙在掉落地面之前，成功回收了所有的骨頭。

魔法袋在這種時候果然非常方便。

除此之外，我還回收了另一個不可思議的物體。

要不是有魔法袋，我根本無法回收這個直徑約兩公尺的物體，而這顆散發出美麗光芒的紅色石頭，似乎就是這隻龍的魔石。

書上曾提到無論是哪種魔物，體內都有魔石，這也是魔物之所以為魔物的根據。

魔石在加工後會變成魔晶石，因為能用來替魔力減少的魔晶石充電，因此預備校的參考書上也有提到冒險者在打倒魔物後，一定要從魔物身上回收這種魔石。

老師甚至還在課堂上特別強調過這點。

「今天的魔力幾乎都用盡了。」

等回收完古代龍的骨頭和魔石回到船上後，我的魔力已經幾乎消耗殆盡。

要是再來一隻龍，我大概就只有死路一條了。

「不過你得到了一整套古代龍骨和特大號的魔石啊。這不是大賺了一筆嗎？」

雖然眾人一同發出歡呼聲，迎接順利打倒變成不死族的古代龍的我，但布蘭塔克先生似乎非常在意那顆魔石。

我一應他的要求從袋子裡拿出魔石，周圍便再度為這誇張的尺寸響起一陣歡呼聲。

「的確很大呢。」

「就連讓這艘魔導飛行船動起來的魔晶石，直徑也只有約五十公分。」

被拿來充當全長超過一百公尺的魔導飛行船能量來源的魔石，直徑只有眼前這塊巨大魔石的四分之一。

那麼擁有四倍直徑的這塊魔石，究竟能做到什麼程度的事情。

於是我開始在意起這東西的價格。

「這個嘛……像這種尺寸的魔石，正常行情應該是從一千枚白金幣起跳。」

像是看透了我的心聲般，一位商人點著頭說道。

他的年紀應該是五十歲左右？

從他的外表來看，似乎是名地位很高的商人。

既然能搭乘票價最少要一枚金幣的魔導飛行船，那當然不可能只是個小商人。

「艾戴里歐，你果然也想要這顆魔石嗎？」

「嗯，我應該會從一千兩百枚白金幣開始出價吧。」

那名看起來像位大商人的人物，似乎是布蘭塔克先生的好友。

兩人看著魔石，感情融洽地聊天。

「一千兩百枚白金幣！雖然的確很稀有，但沒想到值這麼多錢！」

「呃……你是打倒這隻古代龍的小勇者大人的朋友嗎？」

「我們都是冒險者預備校的學生。」

艾爾向艾戴里歐先生自我介紹。

「原來如此。布蘭塔克，你的雇主非常熱心在培育優秀的冒險者呢。」

「那傢伙的劍術也很好喔。騎士團排名後面的騎士，根本就不是他的對手。」

「這麼年輕就有這等實力。還真是了不起。喔，剛才是聊到這顆魔石的行情吧。這艘魔導飛行船的魔晶石，是由之前住在西納普斯火山、據說活了七千年的老火龍的魔石打造而成。雖然大小只有這顆魔石的四分之一，但剛好勉強能讓這艘以失落科技打造的魔導飛行船維持運作。這顆魔石在拍賣會上，被受到王國委託的商人標了下來。當時的成交價，是兩百七十五枚白金幣。」

因為是在戰時能讓戰艦等級的巨大魔導飛行船動起來的魔石，因此即使換算成日幣後價值兩百七十五億圓，價格也絕對不算太高。

和前世地球上某個國家擁有的神盾艦或核子動力航空母艦相比，甚至可以說是非常便宜。

「那這個直徑有四倍的魔石呢？」

「呃，你叫威德林吧。當然，這顆魔石最少也值這個價錢。不過我想表達的是，像這種等級的商品，在拍賣會絕對會被標下來。」

即使是鄰國阿卡特神聖帝國，目前也找不到這種大小的魔石。

古代魔法文明在阿卡特神聖帝國境內，留下了許多遺跡和迷宮，裡面甚至還曾經挖掘出以現在的技術，根本無法製作的大型魔晶石。

「不過，這次應該連拍賣會都不會辦吧。」

名叫艾戴里歐的商人自言自語地說道，周圍的其他貴族和商人也靜靜地點頭表示贊同。

「請問，這是什麼意思？」

「沒什麼，這是很簡單的事情。不過，小勇者大人。等你到達王都以後，在各方面都會很辛苦喔。」

「會很辛苦嗎？」

「沒錯。」

我實在搞不懂到底有什麼好辛苦的。

在那之後過了一天半，回到原本航線的魔導飛行船平安抵達王都。

雖然因為骸骨龍而拖延了幾個小時，但遲到的時間並沒有想像中那麼久。

「哎呀，連我們都受到了貴賓級的待遇呢。」

「布蘭塔克先生，你把那麼貴的酒全部喝光，真的沒問題嗎？」

「放心啦。畢竟小子可是拯救了這艘原本會被古代龍的吐息擊墜的船。」

布蘭塔克先生確實在船上展開了堅固的魔法障壁，從那隻古代龍的吐息中保護了這艘船。

我也成功靠聖魔法終結了變成不死族的古代龍的活動。

因此在船長的好意下，我、布蘭塔克先生和同行的艾爾等人，被帶到了這艘船上最豪華的房間裡。

這房間正常的價格是一枚金板。

換算成日幣約一千萬圓，是只有具備政商背景的大商人或大貴族，才能使用的超ＶＩＰ專用房間。

室內不僅有豪華的裝飾與家具，桌上還擺了一整盆昂貴的水果。

這房間也有專屬的女僕，除了能隨意拜託她們送高級的茶和點心過來，還能暢飲專用酒櫃內的美酒。

由於我和艾爾還未成年，因此完全沒碰酒精，但布蘭塔克先生卻像是失控般的狂飲價格昂貴的酒。

真虧他沒陷入急性酒精中毒狀態，看來他的酒量似乎異常的強。

而且他隔天甚至完全沒有宿醉的症狀，早餐還津津有味地吃了兩碗飯。

「小子，你聽好了。船長先生是因為真心感謝我們救了那艘船，才幫我們換房間。要是對他太客氣，反而顯得失禮啊。」

「不過將那個酒櫃裡的酒全部喝光，果然還是太誇張了……」

「哎呀，我徹底享受了那些昂貴的酒。這樣大概夠撐一年了。」

雖然我對布蘭塔克先生那些不曉得是真是假的見解充耳不聞，但在船上的那段期間，船長確實是非常禮貌地對待我們，就連下船的時候，都特地來為我們送行。

「因為你們是討伐古代龍的英雄。所以就算稍微大吃大喝，船長也不會生氣啦。」

不知為何變得和我們一起行動的艾戴里歐先生，似乎是位將總部設置在王都的大規模商會的當家。

能夠出入王宮的他，一般被視為有政治靠山的富商。

而且他以前還曾經是非常有名的冒險者，就連布蘭塔克先生也是成員之一。

「順帶一提，之前提到的那隻老火龍，就是被我們討伐的。」

「我就是靠分到那筆賞金，建立了商會。」

雖然成功討伐了老火龍，但艾戴里歐先生也受了無法治癒，讓他再也不能繼續當冒險者的傷，於是他便以商人的身分開展新的人生。

因為事業成功，所以如今就連那些傷也成了美好的回憶。

「那麼，這就是布蘭塔克先生討伐的第二隻龍囉。」

「嗯？你在說什麼啊？」

「可是，多虧布蘭塔克先生用『魔法障壁』保護了船，我才能夠在這段期間用聖魔法讓龍成佛，所以這應該算是我們聯手出擊吧？」

要不是有布蘭塔克先生保護了船，那艘魔導飛行船應該早就被顏色恐怖的吐息給擊墜了。

因此我主張在賣掉古代龍的骨頭和魔石後，布蘭塔克先生應該有權獲得一半的價金。

「這次要不是有你的聖魔法，根本就不可能擊敗那隻龍。我只是在保護自己而已。唉，因為艾爾他們也在船上，我就收賣價的十分之一當保護費吧。」

「可是……」

「我說啊。我可是比小子你想像的還要有錢，而且到了我這個年紀，已經不需要那麼多錢了。」

在年輕時以超一流冒險者的身分賺了一大筆錢，退休後也曾輾轉在幾個貴族家工作過的布蘭塔克先生，似乎擁有一般貴族根本無法比擬的資產。

因此他表示這次不需要分這麼多錢。

「而且我還要忙著處理領主大人交代給我的工作。所以相對地會為你增加不少負擔。就把這筆錢當成是補償費吧。」

「補償費？」

無法理解布蘭塔克先生話中之意的我，當場困惑地問道。

「真不像你。你是真的不知道嗎？唉，算了。艾戴里歐，你可以稍微幫我照顧他一下嗎？」

「報酬呢？」

居然在這時候談報酬，該說真不愧是商人嗎？

「話說回來，你是個商人呢。光是能認識比我和艾弗還要有才能的魔法師，你就該感到高興了。」

「嗯，趁這個機會賣他一點人情也不錯。」

艾戴里歐理解般的獨自點頭。

「喂，艾爾。那兩個人到底想說什麼啊？」

「威爾或許會得到一大筆錢。大概是跟這個有關吧……」

「喂，威爾，到王都後請我吃蛋糕。」

我愈來愈無法理解兩人對話中的內容，不過身旁的艾爾他們似乎也不知情。

「反正你再過不久就知道了。那麼，我先走了。」

明明姑且算是我們的領隊，布蘭塔克先生卻在說還有事要處理後，就離開了港口。

被丟下的我們參考埃里希哥哥隨信寄來的地圖，在通往他家的路上討論，此時一位穿著閃亮鎧甲的騎士，和他的隨從一同現身。

從鎧甲的豪華程度來看，這位騎士的身分應該相當高貴。

「我帶來了陛下的傳言，這次驅除古代龍的事情，真是辛苦您了。另外，請您現在就去王城謁見他。」

「……（這就是布蘭塔克先生避開的麻煩……）在下倍感光榮。我立刻就過去。」

「我來為您帶路。」

如果沒打倒古代龍，別說是來王都了，就連命都會丟掉，因此打倒古代龍這件事，應該是個正確的選擇。

不過，我也因此被迫得和這個國家的國王見面。

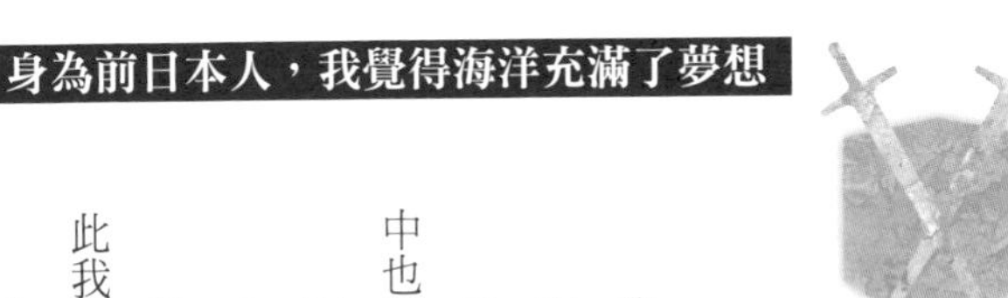

卷末　身為前日本人，我覺得海洋充滿了夢想

『南邊是沙灘，或許會有能享受海水浴的沙灘也不一定！再來就是鹽！』

我當初前往南方的理由，就是這麼簡單。

開始探索未開發地後，我大致掌握了這裡的地形。

形狀類似印度半島，正常來講東西側應該也有海，不過那邊只有高達數十公尺的險峻懸崖，海中也有大量讓人覺得鳴門海峽的漩渦還算可愛的巨型漩渦。

原來如此，難怪布雷希洛德藩侯家沒有擅自建立港口。

在那之前，得先面臨無法建造的現實。

雖然我只要利用魔法浮在空中就能製鹽或捕魚，但這裡的懸崖和漩渦充滿自殺景點的氣氛，因此我決定為了尋找沙灘往南前進。

我已經差不多吃膩了沒鹹味的食物，考慮到海裡也有魚，有必要盡快行動。

探索魔之森雖然危險，但不跨越那裡就無法抵達有沙灘的海岸。

雖然如果沒有就只能哭或是用魔法勉強做一個，不過我還是抱持著有沙灘的確信行動。

儘管危險，只要能從上空飛過去總會有辦法。

於是接下來的一個星期，我利用「飛翔」和「探測」的魔法在魔之森上空進行調查。

首先是尋找阻擋人前往海岸的魔之森寬度較短的地點，調查那裡有沒有能在上空飛行的棘手魔物。要是那裡有龍就完了，如果沒有就能靠「飛翔」的魔法全力飛到海邊。

最後我總算成功找到魔之森寬度較短、能直接靠「飛翔」飛到海邊的路線。

即使萬一遇到龍，只要全力使出「飛翔」的魔法，大概就能甩掉吧。

「飛翔！最大速度！準備前往海邊！」

久違地燃起熱情的我，消耗大量魔力使出「飛翔」魔法，以超高度、超高速飛過魔之森。

過了幾分鐘後，我平安抵達海邊。

「太棒了——————是海啊！」

那裡有著完全未經開發的漂亮沙灘和透明度極高的海水。

而且這個海岸位於魔物領域的外側，即使用「探測」魔法也找不到任何危險的存在。

海中有許多看似大型魚的反應，大概是鯊魚之類的東西吧。

只要玩的時候別離開淺灘，就沒有會危害我的存在。

「先來準備做飯吧。」

我快速做好自製的釣具，開始在沙灘附近的岩地用麵包當餌釣魚。

這裡的魚似乎缺乏警戒心，即使是沒什麼釣魚經驗的我，也能輕易釣到魚。

多虧前世在週末有自炊的習慣，我會自己殺魚。我立刻用「鑑定」確認這條像鯖魚的魚能否食用，並為了保險起見施加「解毒」，再用火烤來吃。

儘管只用海水調味，久違的烤海魚仍讓我覺得非常美味。

飽麥斯特家的餐桌，偶爾也會出現在溝渠抓到的鯽魚或看似鯉魚的魚類，但這些有土味的魚都很難吃。

自從吃過一次以後，即使那些魚後來再次出現在餐桌上，我也不會再吃第二次。

「再來，就是貝類、蝦子和螃蟹了。」

這裡的岩地也能輕易捕到類似牡蠣、海螺和鮑魚的貝類，以及能夠食用的大蝦子和螃蟹。

將這些東西串起來烤後，便發出令人懷念的香味。

「好吃！」

我吃著這些東西，發自內心地享受久違的海鮮。

＊　＊　＊

「不過，○西教練也說過不能這樣就放棄。」

數天後，我開始在海岸展開新的嘗試。

雖然沒必要特地在海岸進行，不過這裡不必擔心被看見，又能盡情享受海產。

「而且這裡還有大量的鹽。」

我正在挑戰運用了土系統魔法的原創魔法。

首先，是進行以取之不盡的大量海水為材料，用魔法製鹽的實驗。

師傅遺留的書上，也有記載這種魔法。

冒險者在缺鹽時，會利用這種魔法從土、岩石、動植物或甚至魔物的屍體等含有微量鹽分的地方精製出鹽。

人類真是不可思議的生物，即使糧食還很充分，也可能會因為沒有鹹味而喪失食慾死掉。

對人類而言，鹽就是如此重要。

回到原本的話題，在利用師傅的書上記載的魔法訣竅後，我順利以極快的速度製造出大量高純度的鹽。

即使氯化鈉比例不到百分之九十九點九，這些純白、乾燥的鹽，還是和家裡那些帶有些許黃色的鹽有天壤之別。

「話說回來，或許我能靠賣鹽維生也不一定。」

雖然我甚至萌生了這樣的想法，但仍然不能就此滿足。

因為我打算以這些鹽為材料，作成那個調味料。

「首先是味噌。」

大豆在這個世界似乎也算是主流作物，很便宜就能買到。

能拿來當家畜的飼料，加進湯裡燉煮，或是當成雜糧加進麥粥裡食用。

我在來這裡之前，已經先從在住家附近耕田的領民那裡拿到一麻袋的大豆。

費用則是用我自己獵的兔子毛皮和肉相抵。

再來就只剩以這些大豆和鹽為材料製作味噌。

這個世界沒有味噌，因此只能靠自己摸索，但幸好還是有能拿來參考的魔法。

在魔法師當中，似乎有一些能將自己準備的葡萄瞬間變成葡萄酒的強者存在。

另外似乎也能用麥釀造麥酒，用砂糖釀造蘭姆酒，或是用蜂蜜釀造蜂蜜酒。

看來這個世界也懂得如何將糖質轉化為酒精，並存在著以各種材料釀酒的魔法師。

據說魔法只要一瞬間就能完成一般需要花費長時間的釀造工程。

我原本以為這對認真釀酒的酒商而言是件令人生氣的事情，但實際上似乎並非如此。

這是因為味道果然還是專業的酒廠略勝一籌，雖然偶爾也有魔法師能釀出不輸專家的酒，但相對地分量就不多。

大部分都停留在基於興趣，作給自己或家人享受的程度。

話雖如此，這魔法還是能在短時間內做出可以正常飲用的酒。

因此應該也能釀造味噌才對。

「首先是味噌。然後是味噌的壺底油，最後再用魔法釀造醬油。夢想愈來愈大了呢。」

於是我立刻開始釀造味噌。

＊　＊　＊

「哈哈哈……沒想到，居然陷入苦戰……」

我站在總算完成的味噌和醬油面前，回想這一年來的辛苦。

用魔法應該能輕鬆釀造。

而且量不需要太多，只要夠我用就行了。

要是能回到過去，我真想好好提醒做出這種輕率發言的自己。

我鄉下的祖母會自己釀造味噌，因此我大致知道味噌的作法。

畢竟我也曾親身幫過她幾次忙。

實際上，一般煮大豆的工程也都是交給魔法處理，不必自己親手煮。因為魔法能輕易在煮豆的狀態下讓豆子產生變化。之後一直到混合材料的過程，都進行得非常順利，但接下來的發酵就讓我面臨巨大的挫折。

無論施展幾次魔法，材料都會腐壞。

以前在高中的課堂上，生物老師曾在和我們閒聊時提出一個問題。

『你們覺得發酵和腐敗的差別在哪裡？』

雖然大家提出了各式各樣的答案，但正確答案其實是這樣的——

發酵和腐敗都是相同的現象。對人類有用的叫發酵，有害的叫腐敗。

於是我一面像這樣讓大量的大豆平白腐敗，一面每天用獵到的兔子換取大豆，持續被領民們以異樣的眼光看待。

即使如此，在經歷了好幾千次的失敗後，我總算成功製造出味噌。

不過，在釀製醬油時也經歷了一樣多次的失敗。

倒不如說，沒想到連在師傅的書裡被記載為非常困難的上級魔法都能在幾次內成功一次，並且成功開發出各種原創魔法的我……居然會為了製造味噌和醬油而反復失敗了一整年。

只不過在製造醬油時，遭遇的失敗是難以脫離味噌壺底油的層次，所以不至於浪費大豆。

而我果然也因為每天交換大豆，被領民們以奇怪的眼光看待。

因為我每天都去換大豆，所以領民似乎也不再將大豆當成食材。他們發現與其吃大豆，不如拿來和我換兔子或豬的肉，反而能夠每天都吃到肉。

即使好奇這些大豆被拿去做什麼，我終究還是領主的兒子。因為我並沒有強迫他們進行不平等的交易，所以他們也將這些事情放在一邊，正常地和我交換。

幸好我的家人們也什麼都沒說。

大家似乎都盡可能不想和我多做接觸。

另外不知為何，酒的製造魔法一次就成功了。

我一樣用獵到的珠雞和在住家附近耕田的領民們交換麥子，作成麥燒酒或麥酒。

除此之外，我還以在未開發地採集到的山葡萄和野莓等自然水果為材料，成功製造出類似葡萄酒的水果酒。

身體還是小孩子的我，在試喝時只有稍微嘗一下味道，不過因為非常好喝，所以我將這些酒密封在用魔法製成的堅固甕內，收進魔法袋裡。

我利用魔法從土內挑出適合當陶器原料的二氧化矽、氧化鋁和水，加工成黏土狀後塑造出甕的形狀，再以放入高溫窯爐中燒製後的狀態為目標，變化甕的材質。

雖然有一瞬間，我曾經想過用火魔法進行燒製，不過因為不可能持續放出高溫的火魔法一個星期，所以最後還是放棄了這個方法。

一開始我只能做出脆弱到馬上就會壞掉，或是漏水非常嚴重的甕，浪費了不少黏土，但在經過數百次的嘗試後，總算完成了適合保存酒、味噌與醬油的甕。

至於甕的外觀，由於我缺乏藝術美感，因此想必無法當成商品販賣。

總之只要能拿來保存自製的發酵食品就行了。只要不會漏就好。畢竟只要放進魔法袋內，就不必擔心品質變差。

事情就是這樣，總覺得我似乎花了一年的時間，在全力製造甕、味噌與醬油。

除此之外，我也有用魔法精製鹽，或是在南方意外發現島嶼後，利用那裡的天然甘蔗嘗試精製砂糖的魔法。

在琳蓋亞大陸的南部地區和南方海上的島嶼，似乎都有種植甘蔗。

當然，這些甘蔗也有被當成商品，輸出到王都、北部地區或甚至阿卡特神聖帝國，不過我在鮑麥斯特騎士領地內從來沒看過這些東西。

因為需求量遠遠大於生產量，所以價格也遠比鹽還要高出許多。

對財政拮据的鮑麥斯特家而言，同樣的錢與其買砂糖這種奢侈品，不如拿來買量是好幾十倍的鹽。

一般人似乎都是利用在森林採到的蜂蜜和水果，或是熬煮後產生的汁液帶有些許甜味的藤蔓來彌補甜味。

雖然話題拖得有點長，但總而言之，我總算能夠煮味噌鯖魚，或是在烤海螺時，在上面滴一些醬油了。

這裡明明是南方，但不知為何與海相連的河川，還是會有類似鮭魚的魚類溯溪而上，應該也能用這些食材做鐵板烤魚或醃鮭魚卵才對。

「我非常努力了。」

這一年來，我一直專注在魔法修行上，而最棒的成果，就是這些靠魔法採集、製作的食材和調味料。

坦白講，連我自己都想稱讚自己。

為什麼呢？因為我的內在是對吃非常講究的日本人啊。

金色文字使 被四名勇者波及的獨特外掛 1 待續

作者：十本スイ　插畫：すまき俊悟

掌握「文字魔法」的獨行俠丘村日色，
在不久的將來，將被稱為英雄……

熱愛美食與閱讀的丘村日色，和班上的四個同學一起闖入異世界。受到公主請託，眾人摩拳擦掌。此時，日色卻發現自己獲得的稱號是「遭受波及者」？擁有特殊能力「文字魔法」的他將運用能力，踏上一個人的冒險旅程！

NT$200/HK$60

Kadokawa Light Novels

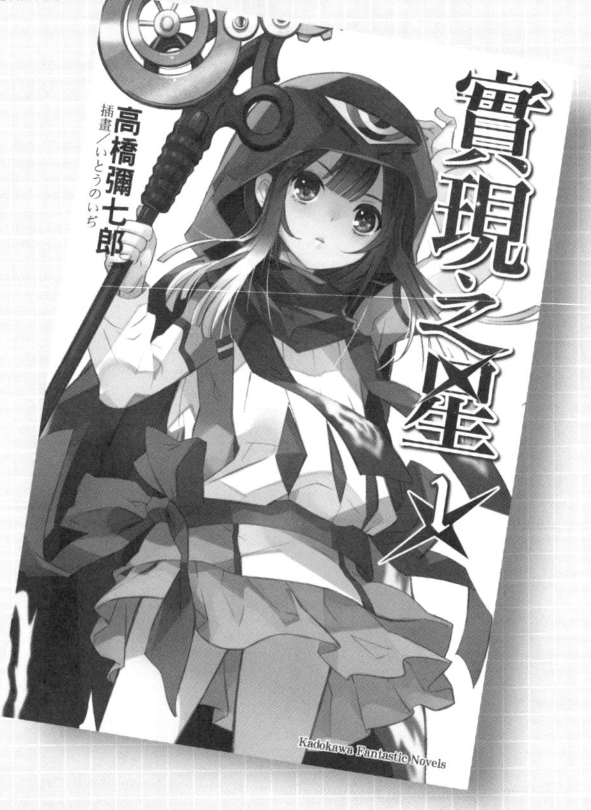

實現之星 1 待續

Kadokawa Fantastic Novels

作者：高橋彌七郎　插畫：いとうのいぢ

《灼眼的夏娜》作者＆插畫家新作登場！
一場賭上世界「未來」的命運之戰即將引爆──！

少年直會樺苗意外來到一個奇異星球上，自稱「星平線之梵」的神祕少女告訴他：「請你拯救世界！」據說，樺苗是被象徵世界獲救的可能性的「半開之眼」選中的人物，必須阻止「海因之手」毀滅世界。面對這樣的使命，樺苗將如何因應？

台灣角川

NT$180/HK$55

國家圖書館出版品預行編目資料

八男?別鬧了! / Y.A作 ; 李文軒譯. -- 初版. -- 臺北市 : 臺灣角川, 2015.05-

冊 ; 公分

譯自 : 八男って、それはないでしょう!

ISBN 978-986-366-508-3(第1冊 : 平裝)

861.57 104005309

Kadokawa
Fantastic
Novels

八男？別鬧了！ 1

（原著名：八男って、それはないでしょう! 1）

2015年7月18日 初版第1刷發行
2020年4月20日 初版第3刷發行

作 者：Y・A
插 畫：藤ちょこ
譯 者：李文軒

發 行 人：岩崎剛人
總 經 理：楊淑媄
資深總監：許嘉鴻
總 編 輯：蔡佩芬
編 輯：黎夢萍
美術設計：黃永漢
印 務：李明修（主任）、張加恩（主任）、張凱棋

發 行 所：台灣角川股份有限公司
地 址：105台北市光復北路11巷44號5樓
電 話：（02）2747-2433
傳 真：（02）2747-2558
網 址：http://www.kadokawa.com.tw
劃撥帳戶：台灣角川股份有限公司
劃撥帳號：19487412
法律顧問：有澤法律事務所
製 版：巨茂科技印刷有限公司
ISBN：978-986-366-508-3